Dea

I'

and

tou

Con

to

I

Fe

It

so

sh

translation of <u>The Benefactor</u>.

I am grateful for all your
work and loyalty —
helping to make my books
known to Chinese readers.
        Very cordially,
          Susan Sontag

SUSAN SONTAG

上海出版资金项目
Shanghai Publishing Funds

苏珊·桑塔格全集

同　时
随笔与演说

At the Same Time Essays and Speeches

〔美〕苏珊·桑塔格 著 黄灿然 译

上海译文出版社

目 录

序

　　本书是苏珊·桑塔格在生命最后几年积极拟订和筹划的一部著作。除了其他写作计划——包括第三本更具自传色彩的论述疾病的书、一部以日本为背景的长篇小说和一部短篇小说集——之外，她打算先出版一部新的随笔集，也即她常说的"我最后一部"随笔集，然后再回头写小说。

　　书的目录，桑塔格曾准备了多个草案，编排她自《重点所在》出版以来所写的文章，并为她计划写的几篇随笔预留位置，尤其是一篇关于格言式思考的文章——这是她发生兴趣已有一段时间的一个题材，日后她的笔记本出版时读者将会看到。然而，除了那几篇未写的随笔外，这本书已非常接近于她要出版的随笔集。

　　虽然我们不知道她将怎样重写这些文章（无疑，她会作大量修改），但我们是严格按我们平时与苏珊·桑塔格一起做事的方式整理这本随笔集的。在整理此书的过程中，我们都努力恢复那些首次发表时被删节过或编辑过的文章的原版本。我们根据她在笔记中为此书草拟的次序来编排文章，并依照她后来

对这些文章所作的改动和她在获她认可的外国版本中所作的校
订来做。

·

　　第一部分以关于美的文章开篇，在文章中桑塔格为伦理价
值与美学价值之不可分割辩护。这一部分构成了桑塔格在其中
一个目录草稿中所称的"转递"，主要收录她为翻译文学作品
所写的导言。这些导言，全都在与书一同出版之前，就先发表
过了，因此一再被桑塔格校订过，唯一未被一再校订过的是关
于哈尔多尔·拉克斯内斯①的文章，她直至二〇〇四年十二月
都还在修改它。把这些对她所钦佩的作家的描写和欣赏的文章
合起来读，就会发现它们有一个共同点：对俄罗斯文学及其主
题的颂扬，从茨维塔耶娃②和帕斯捷尔纳克③到陀思妥耶夫斯
基④和列昂尼德·茨普金⑤的"非凡的俄罗斯现实的精神之
旅"；对小说写作的孤独本质的论述，从茨普金"为抽屉"写
作，到安娜·班蒂⑥与其人物的含情脉脉的共舞；一九二六年
三诗人通信所共享并在茨普金、班蒂、塞尔日⑦和拉克斯内斯
的作品中透露出来的"灵魂的旅行"；尤其是，她对讲故事的

---

① Halldor Laxness（1902—1998），冰岛小说家。
② Marina Tsvetayeva（1892—1941），俄罗斯女诗人。
③ Boris Pasternak（1890—1960），俄罗斯诗人和小说家。
④ Fyodor Dostoyevsky（1821—1881），俄国小说家。
⑤ Leonid Tsypkin（1926—1982），苏联作家。
⑥ Anna Banti（1895—1985），意大利小说家、艺术史家。
⑦ Victor Serge（1890—1947），俄裔法语小说家。

艺术、对"小说的真实性"、对"如何叙述和达到什么目的"和对一种"重述另一个时代一个有成就的真实人物的一生"的独特的小说亚类型的持续的、自我揭示式的沉思。

·

第二部分开头三篇文章谈论"九一一"的后果和谈论"反恐战争"。第一篇是在袭击之后数天就写的,以稍微不同的版本发表于《纽约客》;收录在这里的是原版本,也是在很多其他国家发表的译文所依据的原文。第二篇是第一篇的后续,也是对第一篇的反思,更是首次以英语收录在这里。第三篇是袭击之后一年再回到这些问题。这是三篇文章首次汇集在一起出版。

这一部分的后半部分,由两篇关于摄影的文章组成,在一定程度上是《关于他人的痛苦》的尾声——第一篇集合了一些思考摄影的片断,第二篇尖锐地分析阿布格莱布监狱丑闻、布什政府的反应和美国文化朝着桑塔格所称的"对暴行的日益接受"的方向转变。

桑塔格生命最后几年是持续的政治参与的几年,一如这些报刊文章表明的。这方面的参与,兼顾起来颇困难,但是就像她想尽量挤时间来写书,尤其是写小说一样,世界事件同样强烈地激起她作出反应、采取行动并促请其他人也这样做。她参与是因为她不能不参与。

·

也是在那几年间，桑塔格的文学创作和政治行动主义给她带来愈来愈大的国际声誉。她获得众多文学奖，包括耶路撒冷奖、德国和平奖、阿斯图里亚斯王子奖和洛杉矶公共图书馆文学奖，还应邀在毕业典礼上、在大学和在世界各地的书展上发表演说。第三部分收录了桑塔格在这些活动上发表的一部分演说。在这些演说中，她的公共声音在扩大本书第一部分和第二部分的文学和政治主题的同时，也反映它本身所具有的作用，并与她的作家的声音展开引人入胜的对话，捍卫文学（还有翻译）的任务和事业，并使我们窥见一位好战的读者和一位激情的文学共和国成员生命中的一些鳞爪。

·

苏珊·桑塔格没有为她筹备中的这本随笔集起一个暂定的书名。我们选择她最后一次演说的标题《同时》做书名，以纪念本书多声音的性质，纪念她的文学活动与政治活动、美学思考与伦理思考、内心生活与外部生活的不可分割性。

保罗·迪洛纳尔多[1]、安妮·江普[2]

---

① Paolo Dilonardo，桑塔格的好友和前伴侣，其他生平不详。
② Anne Jump，桑塔格的前秘书，其他生平不详。

前　言

　　母亲逝世一年多了，每逢想起她，我常常会想起奥登①悼念叶芝②的伟大诗篇中那个令人惊诧的句子——那几个字既概括了艺术成就有时可以带来的小小不朽，同时又是如此异乎寻常地暗示消亡。奥登写道，叶芝死了之后，就立即"变成他自己的仰慕者"。

　　亲爱者、仰慕者、诋毁者、著作、工作：暂且不去计较很快就会被扭曲或至少被修饰过的回忆录，暂且不去计较很快就会被分散掉或派发掉的财产，暂且不去计较图书馆、档案馆、录音、录像和照片——显然，一个人的一生所能遗留下来的，不外乎就是这些，不管在世时活得多好、多和善，不管在世时有多大成就。

　　我知道很多作家，他们尽其所能，在面对必死性时，至少以这样一种幻想安慰自己，即他们的著作将会活得比他们更长久，以及活得比他们的亲爱者——这些亲爱者会在他们余生信守记忆，不管这余生还有多少——更长久。母亲就是这样的作家，写作时用一只想像的眼睛盯着后代。我应补充说，由于她对消亡怀着纯粹的恐惧——哪怕是在她临终时痛苦的最后日子，她也毫不含糊，毫不接受——作品活得比作者更长久这个想法并非只带来些许安慰，而是根本没有安慰可言。她不想离开。我不敢说我对她躺着等死时的所感所想了解有多深——三个月内相继躺在两个医院病房的两张病床上，身体几乎变成一个巨大的痛处——但这至少是我可以确定的。

我还能说什么？就个人而言，当然有很多可说，但我不打算这样做。因此，在这篇文章中，让我也成为一个仰慕者而不是儿子，介绍她这本最后的随笔集。这本随笔集大部分是她在世时亲自挑选和整理的。要是她能从血癌中获得哪怕些许的延长生命的缓解，我敢说她还会对这本书作出补充，修改这些文章（她从来没有出版过一本不做这些功夫的书），并且毫无疑问还会作些删节。她对自己的著作极度自豪，同时无比苛刻。但是这类修改需由她自己来做，肯定不是由我这个仰慕者来做。未来几年还会有苏珊·桑塔格的其他著作出版——日记、书信、未结集的文章——而它们将由我和另一些人来整理。但不是在这里，不是现在。这一次，也是最后一次，我有可能了解并充分按照她的意思来做。

然而，即使在能够这样做的时候，我也非常清楚一个事实：她最后这本书具有在别的情况下没有的特殊重量。不可避免地，它将被视为一次总结，视为她的最后文字。她自己不把这本书视作她最后的文字这个事实，以及在疾病剥夺了她的

---

① W. H. Auden（1907—1973），英国诗人，后入籍美国。
② W. B. Yeats（1865—1939），爱尔兰诗人、剧作家。

作家身份之前（早在她逝世前，她的作家身份就已被可怖地剥夺了）她心中仍充满各种写作计划尤其是计划写多个短篇小说和一部长篇小说这个事实，一点也不会改变这个印象。而这个印象是正确的；我认为，这本书收录的随笔和演说，颇能代表母亲最关注的很多问题——政治的、文学的、知识的、道德的——尽管绝非所有问题。

她对一切都感兴趣。确实，如果让我只用一个字来形容她，那将是热忱。她想体验一切，品尝一切，去一切地方，做一切事情。就连旅行，她曾经写道，也被她视作一种积累。她的寓所可以说是她头脑的内容的具体化，里面充满着几乎挤满的、品类令人吃惊地繁多的物件、艺术复制品、照片，当然还有书籍，无穷尽的书籍。她的兴趣的范围可以说是难以（至少对我来说）测度，无可比拟的。在她的短篇小说《中国旅行计划》中，她写道：

> 二十年来我答应自己死前要做的三件事：
> ——爬马特洪恩山①
> ——学会演奏羽管键琴
> ——学中文

在另一个短篇小说《诉说》中，她写道："我们知道的，多于我们能使用的。瞧我脑中所有这些东西：火箭和威尼斯教

---

① 瑞士与意大利交界的阿尔卑斯山脉。

堂、戴维·鲍伊[1]和狄德罗[2]、鱼露和巨无霸、墨镜和性高潮。"她接着补充说："而我们知道的远远不够。"我想，对她来说，生活的乐趣和了解的乐趣是同一回事。这就是我以仰慕者的身份从她的大部分著作中学到的，包括从这本书。

我常常逗母亲，告诉她，虽然她基本上不在她的著作中讲自己，但她的赞赏性的随笔——例如其中三篇最出色的，论罗兰·巴特[3]、论瓦尔特·本雅明[4]、论埃利亚斯·卡内蒂[5]——所包含的自我揭示也许比她想像的多。至少，它们是理想化的评论。这时，她便会笑起来，略表赞同。但我永远无法确定她是否真正同意，现在依然无法确定。当我在也收入本书的《关于美的辩论》这篇文章中读到"美是理想化的历史的一部分，而理想化的历史本身又是安慰的历史的一部分"时，我又回想起我们这类谈话。

她写作是不是为了安慰自己？我相信，尽管这更多是基于直觉而不是头脑清醒的判断。我知道，美对她来说是一种安慰，不管是在她充满热情和坚持不懈地去参观的博物馆的墙上，在她无限推崇的日本寺庙内，在她晚上在家中写作时实际上从未间断地陪伴她的严肃音乐中，还是在她寓所墙上那些十八世纪绘画复制品中欣赏到的美。她在同一篇文章中写道："被美折服的能力令人吃惊地顽强并在不管多么分散注意力的

---

[1] David Bowie（1947—2016），英国摇滚歌星和演员。港译大卫宝儿。
[2] Diderot（1713—1784），法国启蒙思想家。
[3] Roland Barthes（1915—1980），法国作家和批评家。
[4] Walter Benjamin（1892—1940），德国文艺批评家。
[5] Elias Canetti（1905—1994），保加利亚裔英国作家。

恶劣环境中存活下来。"我猜,她在这里一定是想到她生命中环境最恶劣、最分散她的注意力的遭遇,即她的疾病,她的两次严重摧残她但仍被她克服的癌症发作(显然,这篇文章是在她第三次也是最后一次患癌之前写的)。

人们有时在谈论母亲的著作时说,她在美学主义与道德主义、美与伦理之间左右为难。她的任何有眼光的读者都会看到这方面的力量,但我认为更敏锐的评说会强调她著作中的不可分割性。她写道:"我要冒昧地说,从一生深刻而漫长地接触美学所获得的智慧,是不能被任何其他种类的严肃性所复制的。"我不知道这对不对。但我知道她本人的每一根纤维都相信这点,知道她那近乎虔敬地坚持从不错过一场音乐会、一次展览、一出歌剧或一出芭蕾舞的态度对她而言是一种效忠严肃性的行为而不是一种沉溺,是她作为一位作家的方案的一部分而不是一种品味,更不是一种瘾。

可以说,她被引向一艘"虔敬船"。她擅长赞赏。本书另一篇文章《一九二六年……》是对帕斯捷尔纳克、茨维塔耶娃和里尔克①的一次沉思。在这篇文章中,她把三位诗人形容为陶醉于神圣的艺术谵妄中的一个神(里尔克)及其两个俄罗斯崇拜者。关于两个俄罗斯崇拜者,她写道:"而我们,他们的书信的读者,都知道他们也是两个未来的神。"对母亲来说,这种崇拜的恰当性是不证自明的,而她终生都在崇拜,直到她再也不能做任何事情——可以说,这已变成她的第二天性。这

---

① Rainer Maria Rilke (1875—1926),奥地利诗人。

就是她那些赞赏文章的精髓。这也是为什么，虽然她对她作为小说家的作品的珍视，远甚于她写的任何东西，但是她无法停止写这类文章——如这本书最后一次表明的。

做干细胞移植是她最后的、也是微弱的生存机会。在做移植前，她常常提到她未能写出她想写的长篇小说和短篇小说，其中一些已在她的日记和练习本里规划好了。然而，当我有一次问她为什么花那么多时间写文章推介别的作家，包括从她写作生涯初期推介的纳塔莉·萨洛特①到列昂尼德·茨普金、哈尔多尔·拉克斯内斯和她生病那年推介的安娜·班蒂（这些文章也都收录在这里），她说这是一种责任，一度被她称为"传播福音的冲动"，而写小说本身则给她带来作为作家的快乐。但她永远无法仅仅把自己视为作家，而在论班蒂的文章中她谈到"好战的阅读"。我想，正是那个好战的读者，或她在别处说过的心中那个"世界改进者"，促使她写大部分随笔，而小说则被迫停滞。她当然很清楚。在她七十岁生日时，她对我说，她最渴望的是时间，她渴望有时间从事小说创作，因为随笔写作频频地、长时间地分散她的注意力。随着她病情恶化，她常常以沉郁的语调谈到被浪费的时间。临终前，在写维克托·塞尔日时（此文也收录在这里），她认同她心目中这样一个以前的时代，它具有"内省的能量、热情的求知、自我牺牲的准则和巨大的希望"的特征。这种绝不带反讽意味的承担，

---

① Nathalie Sarraute（1900—1999），法国女作家，俄罗斯犹太裔。

永远使母亲的诋毁者们苛责她。但是，反讽或厌世永远不可能吸引一位在亚利桑那州南部和洛杉矶郊区度过整个少女时代、其家庭并不重视知识的嗜书如命、患哮喘病的女孩。她写道："当我在亚利桑那州做学童，等待成长，等待逃入更广大的现实时，使我得救的，是看书……接触文学，接触世界文学，无异于逃出民族虚荣心的监狱、市侩的监狱、强迫性的地方主义的监狱、愚蠢的学校教育的监狱、不完美的命运和坏运气的监狱。"

我认为，她对极端严肃性的坚持不懈，使她屹立不倒，而正是这种严肃性使她的诋毁者们坐立不安。显然，她自始至终都感到，放弃这种严肃性，放松下来，将意味着动摇。在她论卡内蒂的文章中，她赞同地援引他的话："我试图想像有人要莎士比亚放松。"母亲知道如何玩输赢游戏。

她不知道的，是如何筑起一道墙，使她自己与文学以外的承担，尤其是与她从越南战争到伊拉克战争的所有政治介入隔开。虽然我非常欣赏她那篇关于阿布格莱布监狱的酷刑照片的文章（也收录在这里，连同论述所谓的反恐战争、以巴冲突和伊拉克战争的一些文章和一篇访谈），但我真希望这不是她著作中最后一篇重要作品。我希望……嗯，我希望她写的是一个短篇小说。首先坚称她不是以"作家身份"发表她的政治意见，而是她本人，她还补充说"一位作家所能产生的影响纯粹是附加的"，并说它如今"已成为名人文化的一个方面"。

但是，母亲怀着疑虑看待的并不只是她身上的行动分子。在这本随笔集中，一如她经常在她的著作中所做的，她一而再地不是回到她作为作家的角色而是回到她作为读者的角色。在她那篇论翻译的文章《世界作为印度》中，她指出："一位作家首先是一位读者。我从阅读中建立标准，再通过这些标准来衡量我自己的作品，也正是根据这些标准我看到自己可悲地不足。我是从阅读——甚至早于写作——而开始成为一个群体——文学群体——的一部分的，该群体的作家中死者多于健在者。"现在，她已加入死者。现在，她已变成她自己的仰慕者。尽管我希望——这希望之强烈是无法用语言形容的——不是这样。读者，该交给你了。

戴维·里夫①

---

① David Rieff（1952— ），非虚构类作家，政治分析家，苏珊·桑塔格的儿子。

· · ·

关于美的辩论

二〇〇二年四月，教皇约翰-保罗二世终于对数不清的掩盖色魔神父的事件被揭露所制造的丑闻作出反应，他对被召去梵蒂冈的美国红衣主教们说："一件伟大的艺术作品也许会有瑕疵，但它的美依然保存着；这是任何理智上诚实的批评家都能分辨的真理。"

教皇把天主教会与一件伟大的——即是说，美的——艺术作品相提并论，是不是太怪了？也许不是，因为这种空洞的比较使他可以把令人憎厌的恶行变成好像是默片拷贝上的刮痕，或覆盖在一幅古典大画家的油画表层上的龟裂缝，也就是我们下意识地略去或掠过的瑕疵。教皇喜欢神圣庄严的理念。而作为一个表示（像健康）某种无可争辩的优点的术语，美一直是作出应急的评价的永久资源。

然而，永久并不是美的较明显的属性之一；对美的沉思，如果是经验丰富的话，也许会充满感染力，莎士比亚在很多十四行诗中便很懂得发挥这种戏剧效果。日本传统上对美的颂扬，例如年度观赏樱花盛开的仪式，是深含哀伤的；最激动人心的美是最短暂的。要使美在某种程度上不消亡，就需要在观念上做很多修补和改变，但不消亡的这个想法实在太诱人、太强烈，根本不应该用称赞更高级的美的化身来糟蹋它。于是扩充美的概念，顾及各种美，带形容词的美，安排在一个由递升的价值和不受腐蚀所构成的天平上，使用各种隐喻（"心智美"、"精神美"），这些隐喻都优于被普通语言颂扬为美的东西——感官愉悦。

脸孔和身体这种较不"高洁"的美，依然是最常被访问的美的场所。但我们怎么也想不到教皇在为几代神职人员性侵犯儿童和为保护性侵犯者而寻找借口时，竟会唤起那种美感。更重要的——对他重要——是"更高级"的艺术之美。不管艺术对感官而言在多少程度上是一个表面的问题和接受的问题，它一般都在"内在"（相对于"外在"）美的领域获授予荣誉公民称号。美似乎是不可变的，至少当它体现——固定——在艺术形式中的时候，这是因为美作为一个理念、一个永恒的理念，是在艺术中获得最佳体现的。美（如果你选择以那种方式使用这个词）是深刻的，而不是表面的；有时是隐藏的，而不是明显的；安慰人的，而不是扰乱人的；不可摧毁的，例如在艺术中，而不是转瞬即逝的，例如在自然中。美，那种约定性的高洁的美，是永存的。

·

美的最好的理论，是其历史。思考美的历史意味着聚焦于美在特定社群手中的运用。

把美当作无可挑剔的表扬和安慰来使用，不啻是提供某种保障，而按其领导人的意思致力于铲除被视为有害的纷至沓来的创新观点的社群，是不会对修改这保障感兴趣的。难怪约翰-保罗二世——以及他所代表的那个受保护受维护的机构——谈起美这个理念就像谈起好人这个理念一样自在。

同样似乎不可避免的是，在差不多一百年前，当那些与美术有关的最具威望的社群献身于激烈的创新计划的时候，美便在那些被诋毁的概念中首当其冲。美在创新者和标新者眼中只能是一种保守标准；格特鲁德·斯泰因①说，把一件艺术作品称作美，意味着它已死。美的意思已变成"无非"是美罢了：再没有更乏味或市侩的恭维了。

在其他领域，美依然是主宰，不可抑制。（又怎能不是呢？）当臭名昭著的爱美者奥斯卡·王尔德②在《谎言的衰朽》中宣布"如今，没有任何真正有文化的人……会谈论落日之美。落日已很落伍了"时，落日在这痛击下顿时晕头转向，然后又稳住了。当艺术也同样被召唤去赶时髦时，却没有稳住。作为一个艺术标准的美被缩减，远非表示美的权威的衰落。反而是见证了对还存在一种叫做艺术的东西的信仰的衰落。

·

即使当美是艺术中一个无可置疑的价值标准时，它也是通

---

① Gertrude Stein（1874—1946），美国女作家。
② Oscar Wilde（1854—1900），爱尔兰小说家、诗人、戏剧家。

过求助于某一别的特质而被从侧面来定义的，这特质被假设为某一美的事物的精髓或必要条件。定义美，无非是颂扬美。例如，当莱辛①把美等同于和谐时，他是在就卓绝或令人倾倒的事物提供另一个总看法。

由于缺乏一个严格意义上的定义，人们便假设有一种衡量艺术中的美（也即价值）的器官或能力，叫做"品味"，以及有一批由有品味的人鉴定的正典作品，这些人是更精妙深奥的满足的追求者，是鉴赏的行家。因为与生活中的美不同，艺术中的美被假设不一定要明显、昭然、易见。

品味的问题在于，不管品味在多大程度上是各个时期的艺术爱好者社群内大范围的共识的结果，它都是源自对艺术作出的私人性质的、即时的、可撤回的反应。而那种共识，不管多么坚定，也无非是局部的。为了纠正这个缺陷，康德——一位虔诚的普遍化者——提出一种以通用而持久的可辨识的原则作出"判断"的独特能力；被这种判断能力合法化的品味如果得到恰当反映，应为人人所共有。但是，"判断"并不具备它意图达至的提高"品味"或在一定程度上使"品味"更民主化的效力。首先，作为有原则的判断的品味是很难实施的，因为与易变的、经验式的品味标准不同，判断与被认为是无可争辩地伟大或美的实际艺术作品有着最含糊的联系。况且，如今品味是一个比在十八世纪末期远为脆弱、更容易受攻击的概念。谁的品味？或更无礼些，谁说了算？

---

① Gotthold Ephraim Lessing（1729—1781），德国文艺理论家和剧作家。

随着文化问题中的相对主义立场对旧有的评估施加的压力愈来愈大，美的定义——对美的精髓的描述——也变得愈来愈空洞。美再也不可能是像和谐那样正面的东西。对瓦莱里[①]来说，美的本质是它不能被定义；美恰恰是"不可言喻的"。

　　美的概念之难以确定，反映了判断本身——作为某种可以设想为不偏不倚或客观的、并非总是自我服务或自我指认的东西——的威望之受损。它还反映了艺术中二元话语的信誉之受损。美把自己定义为丑的对立面。显然，如果你不愿意说某东西是丑的，你就不能说某东西是美的。但是，把某东西——任何东西——称为丑，已有愈来愈多的禁忌。（若需要解释，不妨首先不是去审视所谓的"政治正确"的崛起，而是去审视演进中的消费主义意识形态，然后才去审视这两者之间的共谋。）重要的是在迄今一直未被视作美的东西中寻找美的东西（或：在丑中寻找美）。

　　同样地，对"好品味"这一理念的抗拒——抗拒好品味与坏品味二分法——亦愈来愈强烈，除了若干场合，例如庆祝势利眼的失败和一度被鄙视为坏品味的东西的胜利。今天，好品味似乎是一个比美更倒退的概念。严肃、困难的"现代主义"艺术和文学似乎已经过时了，似乎只是势利眼者的阴谋而已。现在，创新是放松；今天的"容易艺术"向一切开绿灯。在宠爱近年那些较"用家友善"的艺术的这种文化气氛中，美似乎如果不是明显的，也是虚夸的。美在我们荒谬的所谓文化战争

---

① Paul Valery（1871—1945），法国诗人和批评家。

中继续受打击。

　　　　　　　　　　　·

　　认为美适用于某些事物而不适用于另一些事物，认为美是识别力的一个原则——这曾经是美的力量也是美的魅力。美一度属于那种建立等级制的概念家族，很适合对身份、阶级、等级和排他性一点也不感到歉疚的社会秩序。

　　美这个概念，以前是一个优点，如今变成缺点。一度因为其太笼统、松散、多漏洞而显得脆弱不堪的美，竟被发现是——恰恰相反——排斥太多事物。识别力一度是一种正面的能力（意味着精纯的判断、高标准、严谨），如今变成负面：它意味着以偏见、狭窄、视而不见的态度对待那些有别于我们自己认同的事物的优点。

　　针对美的最强烈、最成功的举动是在艺术中：美——以及对美的关心——是会带来限制的；用现时的习语来说，是精英主义的。人们觉得，如果我们不说某东西美而说它"有趣"，则我们的欣赏范围就可以包容得多。

　　当然，当人们说一件艺术作品有趣，并不一定意味着他们喜欢它——更别说他们认为它美了。它通常无非意味着他们认为他们应喜欢它。或他们有几分喜欢它，尽管它不美。

　　或他们形容某东西有趣，可能是为了避免把它称作美这种陈腐说法。摄影是"有趣"最先以及很早就获胜的领域：新的、摄影式的观看方式提议把一切当作相机的潜在题材。美催生的题材实在太广泛了；而且没多久，美作为一种判断也显得不够酷了。对一张关于落日的照片，关于一个美丽的落日的照片，任何一个有起码的驾驭精致语言的能力的人也许宁愿说："确实，这张照片蛮有趣。"

·

什么是有趣的呢？主要是以前不被认为是美（或好）的东西。病人是有趣的，一如尼采指出的。恶人也是有趣的。把某东西说成有趣，是暗示挑战旧的赞美秩序；这样一些判断渴望被视为傲慢，或至少被视为单纯。"有趣"——其反义词是"沉闷"——的鉴赏家欣赏碰撞而不是和谐。自由主义是沉闷的，卡尔·施米特[1]在写于一九三二年的《政治的概念》一书中如此说。（翌年，他加入纳粹。）奉行自由主义原则的政治缺乏戏剧性、特色、冲突，而强大的寡头政治——和战争——则是有趣的。

长期以来"有趣"被用作价值标准，已不可避免地削弱其出格的浓度。旧式傲慢遗留的，主要是藐视行动的后果和判断的后果。至于是不是真的有趣——则连想都没想过。把某东西称作有趣，恰恰是为了不对美（或对善）作出任何判断。现在，有趣主要是一个消费主义概念，致力于扩大其版图：事物愈是变得有趣，就愈是有市场。沉闷——被理解为一种缺席，

---

① Carl Schmitt（1888—1985），德国政治理论家。

一种空洞——暗示其解毒剂：对有趣作杂混、空洞的肯定。这是一种特别有包容性的体验现实的方式。

　　要丰富这种对我们的经验的贫乏诠释，你得认识沉闷的完整概念：抑郁、狂怒（被压抑的绝望）。然后才能认识有趣的完整概念。但有了那种程度的经验——或感觉——之后你很可能连想把它称作有趣也不想了。

·

　　美可以说明一种理想，一种完美。或，由于人们把美与女人们（更确切地说，与单个的女人）画上等号，它可能造成一种常见的含糊，这种含糊源自长期以来对女性的贬低。美的声誉受损，很大部分应理解为性别影响的结果。同样地，那种要使美变形的迫切性，说穿了也许就是厌恶女人，因此就得提升美，使美越出"仅仅是"女性、不严肃、似是而非的领域。因为，虽然女人可能因为她们是美的而受到崇拜，但她们却会因为专注于使自己变得美或维持自己的美而被瞧不起。美是戏剧式的，它是要被观看和被赞赏的；而美这个字既有可能表示美容行业（美容杂志、美容院、美容产品）——女性的轻浮的剧场——也有可能表示艺术和自然的各种美。不然又怎样解释人们把美——也即女人——与无脑联系起来呢？关心自己的美，会有被指自恋和轻浮之虞。不妨想想所有美的同义词，从"可爱"、从仅仅是"俏丽"开始，这些同义词都大声疾呼，要求置换成阳刚字眼。

"漂亮就是漂亮的行为。"①（但不是："美就是美的行为。"）虽然"漂亮"——不用与女性联系在一起——并不比"美"更不适用于形容外表，但"漂亮"似乎是一种较严肃、较不那么夸张的赞扬方式。美一般不与庄严联系在一起。因此我们可能更愿意把传送战争和暴行之炽热影像的载体称为一本"漂亮的书"——就像我在唐·麦卡林②一本摄影集的序言中所说的那样——以免把它称作一本"美的书"（它确是美的）会令人觉得冒犯其可怖的内容。

·

人们通常假设美是——几乎是同义反复地——一个"美学"范畴，而依很多人的看法，这使得它被推上与伦理发生冲突的轨道。但美，即使是处于不道德状态的美，也从来不是赤裸裸的。而美的属性从来不是没有掺杂道德价值的。美学与伦理远非像克尔恺郭尔③和托尔斯泰④所坚称的那样是两根彼此远离的杆，美学本身是一个准道德方案。自柏拉图以来，关于美的辩论都充满了有关与美的事物——被认为是从美自身的本质中流露出来的美的事物，那不可抗拒、迷人的美的事物——的适当关系的问题。

那种把美本身理解为一个二元概念，把美分为"内在"美

---

① 意为良好的行为比漂亮的外表重要。
② Don McCullin（1935—　），英国新闻摄影师。
③ Soren Kierkegaard（1813—1855），丹麦哲学家和神学家。
④ Lev Tolstoy（1828—1910），俄国小说家和思想家。

与"外在"美、"高级"美与"低级"美的长期倾向，是美的判断被道德判断殖民化的惯常方式。从尼采式（或王尔德式）的观点看，这也许是不恰当的，但在我看来这似乎是不可避免的。并且我要冒昧地说，从一生深刻而漫长地接触美学所获得的智慧，是不能被任何其他种类的严肃性所复制的。实际上，关于美的各式各样的定义，其接近貌似美德的特征和貌似更充分的人性的特征的程度，至少不亚于试图把善定义为这类特征。

．

美是理想化的历史的一部分，而理想化的历史本身又是安慰的历史的一部分。但美未必总是安慰的。脸孔和形体之美折磨人、征服人；这种美是专横的。人类的美，创造（艺术）的美——则都引起占有的幻想。我们的不涉及利益的美的榜样，来自自然之美——远方的、包罗万象的、不可占有的自然。

一九四二年十二月底一名在俄罗斯冬天里站岗的德国士兵在信中说：

> 我一生所见最美的圣诞节，它是由完全不涉及利益的感情带来的美，且剔除一切俗艳的装饰。我独个儿在缀满星星的辽阔天空下，我还记得一颗泪淌下我冻僵的脸颊，它是一颗既不是痛苦也不是欢乐的泪，而是由强烈经验激

起的情感之泪。①

与常常是脆弱和非永久的美不同，被美折服的能力令人吃惊地顽强并在不管多么分散注意力的恶劣环境中存活下来。即使是战争，即使是置身于有可能会死的环境，这一能力也不会熄灭。

·

按黑格尔的说法，艺术之美比自然之美更好，"更高级"，因为艺术之美是由人类创造的，是精神的产物。但辨识自然中的美也是意识的传统和文化的传统的结果——用黑格尔的语言来说，就是精神的结果。

对艺术中的美和自然中的美的反应，是互相依存的。诚如王尔德指出的，艺术不只是训练我们如何在自然中欣赏和欣赏什么。（他想到诗歌和绘画。今天，自然中的美的标准，主要是由摄影树立的。）美的东西也是这样使我们想起自然——想起人类和创造以外的东西——从而刺激和加深我们对我们周遭无比广阔和全面、既无生命又充满活力的现实的感觉。

这一见地——如果这是见地的话——的一个快乐的副产品是：美重获其作为使我们的大部分能量、喜好和赞赏变得有意

---

① 引自史蒂芬·G·弗里茨《前线士兵：第二次世界大战中的德国士兵》（肯塔基大学出版社，列克星敦，1995），130页。——原注

义所需的判断的坚固性和不可避免性；而那些篡夺性的概念则显得荒唐。

想像有人说："那个落日很有趣。"

一九二六年……

帕斯捷尔纳克、茨维塔耶娃、里尔克

一九二六年发生了什么事，当这三位诗人互相通信的时候？

五月十二日，肖斯塔科维奇①的《F 小调第一交响曲》由列宁格勒交响乐团首演；这一年作曲家十九岁。

六月十日，年老的加泰罗尼亚建筑师安东尼奥·高迪②在他每天从巴塞罗那圣家堂③建筑地盘步行去同一个街区的另一座教堂做晚课的途中被电车撞倒，躺在街上无人理会（因为，据说没人认出他），就这么死去。

八月六日，十九岁的美国人格特鲁德·埃德尔④以十四小时三十一分钟从法国格里内角游泳到英国的金斯当，成为第一位横渡英吉利海峡的女性，以及第一位在重要体育比赛中击败男性纪录保持者的女性。

八月二十三日，电影偶像鲁道夫·瓦伦蒂诺⑤在纽约一家医院死于心内膜炎和败血病。

九月三日，设有餐厅和观景台的一百三十八米高的柏林钢架广播塔落成。

一些书：希特勒《我的奋斗》第二卷；哈特·克莱恩[6]的《白色的建筑物》；艾·亚·米尔恩[7]的《小熊维尼》；维克托·什克洛夫斯基[8]的《第三厂》；路易·阿拉贡[9]的《巴黎的农民》；D·H·劳伦斯[10]的《羽蛇》；海明威[11]的《太阳照样升起》；阿加莎·克里斯蒂[12]的《罗杰疑案》；T·E·劳伦斯[13]的《七根智慧之柱》。

几部电影：弗里茨·朗[14]的《大都市》[15]；弗谢沃洛德·普多夫金[16]的《母亲》；让·雷诺阿[17]的《娜娜》；埃贝尔·布勒农[18]的《万世流芳》[19]。

两部剧作：贝托尔特·布莱希特[20]的《人就是人》和让·

---

① Dimitri Shostakovish (1906—1975)，苏联作曲家。
② Antonio Gaudi (1852—1926)，西班牙建筑师。
③ Sagrada Familia，高迪设计的建筑物。
④ Gertrude Ederle (1905—2003)，美国游泳运动员，一九二六年成为横渡英吉利海峡的首位女性。
⑤ Rudolph Valentino (1895—1926)，美国电影明星，生于意大利。
⑥ Hart Crane (1899—1932)，美国诗人。
⑦ A. A. Milne (1882—1956)，英国幽默作家。
⑧ Viktor Shklovsky (1893—1984)，苏联作家和批评家。
⑨ Louis Aragon (1897—1982)，法国诗人、小说家和评论家。
⑩ D. H. Lawrence (1885—1930)，英国诗人和小说家。
⑪ Ernest Hemingway (1899—1961)，美国小说家。
⑫ Agatha Christie (1890—1976)，英国女侦探小说家。
⑬ T. E. Lawrence (1888—1935)，英国军人、学者。
⑭ Fritz Lang (1890—1976)，奥地利裔电影导演。
⑮ 《大都市》拍摄于一九二六年，一九二七年一月首映。——原编者注
⑯ Vsevolod Pudovkin (1893—1953)，苏联电影导演。
⑰ Jean Renoir (1894—1979)，法国电影导演。
⑱ Herbert Brenon (1880—1958)，爱尔兰电影导演。
⑲ 原名 "Beau Geste"。
⑳ Bertolt Brecht (1898—1956)，德国诗人、戏剧家。

科克托①的《奥尔菲》。

十二月六日，瓦尔特·本雅明抵达莫斯科，逗留两个月。他没有见到三十六岁的鲍里斯·帕斯捷尔纳克。

帕斯捷尔纳克已有四年未见过马琳娜·茨维塔耶娃。自她一九二二年离开俄罗斯之后，他们已成为彼此最珍惜的对话者，帕斯捷尔纳克默认茨维塔耶娃是比他更伟大的诗人，有新作就首先给她看。

三十四岁的茨维塔耶娃与丈夫和两个孩子住在巴黎，过着拮据的生活。

五十一岁的里尔克患白血病，住在瑞士一家疗养院，正濒临死亡。

·

《书信：一九二六年夏天》②是神圣的艺术谵妄的一幅画像。有三位参与者：一个神和两个崇拜者，后者还彼此崇拜（而我们，他们的书信的读者，都知道他们也是两个未来的神）。

两位多年来以书信热烈地交流对创作和生活的看法的俄罗斯青年诗人，与一位伟大的德语诗人通信，后者在他们看来是诗歌的化身。这些三方情书——它们是情书——是对诗歌和对精神生活所怀的激情的无与伦比的戏剧化。

---

① Jean Cocteau（1889—1963），法国诗人、小说家和戏剧家。
② 中译本书名《三诗人书简》，刘文飞译。

它们描绘了一个有着奔放的感情和精纯的志向的王国，如果我们把它斥为"浪漫"，那将是我们莫大的损失。

德语文学和俄语文学一直都特别追求精神高度。茨维塔耶娃和帕斯捷尔纳克都懂德语，里尔克则学过并达到通晓俄语——三人都充满了弥漫于这两种语言中的文学神性的梦想。两个俄国人从童年起就都是德国诗歌和音乐的爱好者（两人的母亲都是钢琴家），期待他们那个时代最伟大的诗人是一个以歌德①和荷尔德林②的语言写作的人。而那位德语诗人则有一位曾是他早年性格形成期的恋人兼导师的作家，她生于圣彼得堡，并两次带他去俄罗斯，自此俄罗斯就被他视为他真正的精神故乡。

他们的第二次俄罗斯之行是在一九〇〇年，而帕斯捷尔纳克实际上看到里尔克，并且有可能被介绍给青年里尔克。

帕斯捷尔纳克著名的画家父亲是一位受尊敬的友人；鲍里斯，这位未来诗人，当时十岁。帕斯捷尔纳克正是怀着对里尔克与情人卢·安德烈亚斯-萨洛梅登上火车——他们被虔敬地隐去姓名——这一神圣记忆，开始他的《安全保护证》(1935)③，这本书是他散文的至高成就。

茨维塔耶娃当然从未见过里尔克。

三位诗人都被似乎是难以兼容的需要所激动着：对最绝对的孤独的需要和对与另一个精神同类进行最热烈的交流的需

① Johann Wolgan von Goethe (1749—1832)，德国诗人、作家。
② Friedrich Holderlin (1770—1843)，德国诗人。
③ 该书中译收录于乌兰汗等译《人与事》。

要。"我的声音只有在绝对孤独的时候才能纯粹而清晰地响起,"帕斯捷尔纳克在一封信中对他父亲说。渗透着不妥协的激情,是茨维塔耶娃所有写作的驱动力。在《良心之光照亮的艺术》(1932)中,她写道:

> 诗人只可能有一个祈祷:不去理解那不可接受的——让我不去理解,以免我被诱惑……让我不听,以免我回答……诗人唯一的祈祷是祈祷耳聋。

而我们从里尔克给不同的通信者——主要是女人——的书信中知道,他生命中标志性的两步舞,是逃避亲密和争取无条件的同情和理解。

虽然两位青年诗人自称是侍从,但通信很快就变成一次平起平坐的交流,一次亲和的竞争。里尔克几乎以跟两位俄国仰慕者同样热切、雀跃的音调回应他们,这可能会使熟悉里尔克那些绚丽的、常常是庄重的通信的主脉的人感到意外。但是,他从未有过具有像帕斯捷尔纳克和茨维塔耶娃这等质量的对话者。我们从写于一九〇三年至一九〇八年的《给一位青年诗人的信》中所认识的那个至尊、说教的里尔克不见了。这里只有天使般的谈话。没有什么可教的。没有什么可学的。

歌剧是当今唯一仍可被接受的狂想诗文的媒介。理查德·施特劳斯①的《阿里阿德涅与纳克索斯》——其歌词作者胡

---

① Richard Strauss (1864—1949),德国作曲家。

戈·冯·霍夫曼斯塔尔①是里尔克的同代人——结尾的二重唱提供了一个可比较的感情奔放的例子。阿里阿德涅和酒神巴克斯②对作为再生和自我改造的爱情所唱的赞歌，肯定比三位诗人宣称的澎湃的爱恋之情更令人自在些。

而这些书信并非结尾的二重唱。它们是试图成为——最终未能成为——三重唱的二重唱。三位诗人到底期望哪一种互相占有？这种爱到底有多狂热和有多排他？

通信始于里尔克与帕斯捷尔纳克，由帕斯捷尔纳克的父亲做中间人。接着，帕斯捷尔纳克建议里尔克给茨维塔耶娃写信，于是变成一个三人通信的局面。茨维塔耶娃是最后加入的，但她很快就成为驱动力，她的需要、她的大胆、她的感情直露是如此猛烈、如此无所顾忌。茨维塔耶娃是那孜孜不倦者，先是使帕斯捷尔纳克、继而使里尔克招架不住。已不知道该向里尔克要求什么的帕斯捷尔纳克撤退了（茨维塔耶娃也叫停，要求刹住他们的通信）；茨维塔耶娃能够想像一种爱欲的、无法抵挡的关系。她恳求里尔克同意一次会晤，结果却把他吓退。里尔克这边沉默了。（他给她的最后一封信是八月十九日。）

措辞的潮水流抵崇高的悬崖，泻入歇斯底里、极度痛苦和忐忑不安。

但是奇怪地，死亡似乎很不真实。当这个"自然现象"（他们如此认定里尔克③）在某种程度上已不存在时，两位俄国

① Hugo van Hofmannsthal（1874—1929），德国诗人和剧作家。
② 即狄俄尼索斯。
③ 茨维塔耶娃认为里尔克已超越诗人，甚至超越诗歌，是一个"自然现象"。

诗人是多么震惊和沮丧。沉默应该是完全的。此时有了死亡之名的沉默，却似乎太缺损了。

因此，通信必须继续下去。

茨维塔耶娃在获悉里尔克已于十二月底逝世之后数天，给里尔克写了一封信，并于翌年写了一篇很长的颂文给他（《你的死》）。帕斯捷尔纳克在里尔克逝世将近五年后完成的《安全保护证》的手稿，则以一封给里尔克的信告终。（"如果您还活着，这是我今天会寄给你的信。"）《安全保护证》带领读者穿过一个隐晦的回忆录作者的散文的迷宫，进入诗人的内向性的核心。它是在里尔克的影响下写的，并且——尽管可能是无意识地——与里尔克竞争，企图匹比甚至超越里尔克散文的至高成就《马尔特手记》(1910)。

在《安全保护证》开端，帕斯捷尔纳克谈到靠这样一些场合生活和为这样一些场合而生活，也即当"一种圆满的感情爆发成自由①，它面前便展现整个广大的空间"。为抒情诗的力量所作的辩护，从来没有像在这些书信中揭示的这样绚烂、这样销魂。一旦你成了"里拉琴的奴仆"，诗歌就不能被抛弃或放弃，茨维塔耶娃在一九二五年七月给帕斯捷尔纳克的一封信中如此指点他。"写诗，亲爱的朋友，就像恋爱；没有分离，直到它抛弃你。"

或直到死亡出面干预。茨维塔耶娃和帕斯捷尔纳克都不怀疑里尔克病得很重。当两位诗人获悉他逝世时，他们都难以置

---

① 此处的"自由"，被桑塔格误引为"空间"。

信：即使从宇宙的角度看①，似乎也是不公平的。十五年后，当帕斯捷尔纳克得知茨维塔耶娃一九四一年八月自杀的消息时，他既吃惊又懊悔。他承认，他没有充分明白到如果她决定与家人回到苏联，等待她的就只有末日——而她在一九三九年与家人回去。

分离使一切圆满。要是里尔克与茨维塔耶娃真的相见了，他们彼此将说些什么呢？而我们知道，当帕斯捷尔纳克在与茨维塔耶娃分别了十三年之后，于一九三五年六月以国际作家捍卫文化大会的苏联官方代表这一噩梦式的身份抵达巴黎那一天与她短暂重逢时，他没有对她说的话：他没有警告她不要回莫斯科，连想都不要想。

也许，贯注在这些通信里的狂热情绪，只能在分离中表达，以及作为他们令彼此失望——就像最伟大的作家总是对读者要求太多因而对读者感到失望一样——的一种反应。没有什么能够减弱这些写于一九二六年几个月间的通信的白炽性，他们是如此向彼此猛扑过去，作出不可能的、光辉的要求。今天，当"所有人都溺死在伪善里"——帕斯捷尔纳克语——时，他们的激情和他们的执拗给人的感觉就像木筏、灯塔、沙滩。

---

① 意为即使从万事万物皆难免消亡的角度考虑。

爱陀思妥耶夫斯基

二十世纪后半叶的文学是一片被踏得太多的田野，那些被仔细地巡逻的主要语种中仍然存在着有待发掘的杰作的可能性似乎已不大。然而，约十年前，当我在伦敦查宁十字路一家书店门口翻抄一箱看上去脏兮兮的二手平装书时，竟撞上这样一本杰作——《巴登夏日》①——而我会把它列为百年间的小说和类小说中最美丽、最令人振奋和最具原创性的成果之一。

这本书不为人知的理由，是不难测度的。首先，它的作者的职业并不是作家。列昂尼德·茨普金是一位医生，一位杰出的医学研究者，在苏联和国外的科学杂志发表近百篇论文。但是——撇开与契诃夫②和布尔加科夫③的任何比较不谈——这位俄罗斯医生作家生前从未见过自己的一页文学著作发表。

审查制度及其恐吓只是原因之一。茨普金的小说依官方标准，肯定是无资格出版或发表的。但是，它也没有在地下刊物流通，因为茨普金——出于骄傲、难以消除的悲观、不想冒着被非官方文学体制拒绝的风险——完全站在二十世纪六七十年代盛行于莫斯科的独立文学圈子或地下文学圈子之外，在那年代他"为抽屉"写作。为文学本身。

实际上，《巴登夏日》竟能保存下来，可以说是奇迹。

列昂尼德·茨普金一九二六年生于明斯克，父母是俄罗斯犹太人，均为医生。他母亲薇拉·波利亚克的医学专业是肺结核病。他父亲鲍里斯·茨普金则是矫形外科医生，于一九三四年"大清洗"之初以那些常见的莫须有罪名被捕，在从监狱楼梯井跃下企图自杀之后，经一位有影响力的朋友的干预而获释。他断了背，躺在担架上被送回家，但没有变成残废，并继续做他的外科工作，直到一九六一年逝世，享年六十四岁。鲍里斯·茨普金的两个妹妹和一个弟弟亦在大清洗期间被捕并死亡。

明斯克在一九四一年德国入侵一周后沦陷，鲍里斯·茨普金的母亲、另一个妹妹和两个外甥④在犹太人隔离区被杀。鲍里斯·茨普金、他妻子和十五岁的列昂尼德在附近一个集体农场的主席的协助下逃出明斯克，该位主席是一位感恩的前病人，他下令从一辆卡车卸下几桶泡菜，让他尊敬的医生及其家人挤上去。

一年后，列昂尼德·茨普金开始攻读医学，战争结束时，他随父母返回明斯克，并于一九四七年从医学院毕业。一九四八年他与经济学家纳塔利娅·米赫尼科娃结婚。他们的独子米

① 英译本书名直译是《巴登-巴登的夏天》。此书已有万丽娜译本（南海出版社，二○○七年五月），从版权页看，似是从英译本转译。
② Anton Chekhov（1860—1904），俄国小说家和戏剧家，也是医生。
③ Mikhail Bulgakov（1891—1940），苏俄剧作家和小说家，也是医生。
④ 据茨普金的儿子米哈伊尔·茨普金先生给译者的来信，应是一个外甥、一个外甥女。

哈伊尔于一九五〇年出世。那时，斯大林于一年前发动的反犹运动正累积愈来愈多的受害者，茨普金隐藏在一家农村精神病院的职员中。一九五七年，他获准与妻子和儿子定居莫斯科，在著名的脑灰质炎及病毒性脑炎研究所当病理学家。他成为在苏联研制出萨宾①脊髓灰质炎疫苗的小组成员；之后，他在该研究所的工作反映了各种研究兴趣，包括癌组织对致命病毒性感染的反应和猴子的生物学和病理学。

茨普金一直热爱文学，总是为自己写点什么，既有散文也有诗歌。他二十二三岁临近完成其医学学业时，曾考虑过放弃医学，以便研究文学，一心想完全献身于写作。他被十九世纪俄国的灵魂拷问折磨得寝食难安（没有信仰、没有上帝如何活？），曾崇拜托尔斯泰，但托尔斯泰最终被陀思妥耶夫斯基取代。在电影方面，茨普金也有偶像：例如安东尼奥尼②，但不是塔尔科夫斯基③。二十世纪六十年代初，他曾想过报读电影学院的夜校，以便当电影导演，但他后来说，由于要养家，他最终打消念头。

也是在六十年代初，茨普金开始较专心地投入写作：受茨维塔耶娃和帕斯捷尔纳克强烈影响的诗；他们的照片挂在他的小工作台上。一九六五年九月，他决定冒险把一些抒情诗拿给安德烈·西尼亚夫斯基④看，但西尼亚夫斯基在他们约好见面的前几天被捕。茨普金与实际上和他同龄的西尼亚夫斯基后来

---

① Albert Bruce Sabin（1906—1993），俄裔美国医生和微生物学家。
② Michelangelo Antonioni（1912—2007），意大利电影导演。
③ Andrei Tarkovsky（1932—1986），苏联导演。
④ Andrei Sinyavsky（1925—1997），苏俄作家。

再未见过面，茨普金也变得更谨慎。（米哈伊尔·茨普金说："我父亲不太谈、甚至不太想政治。在我们家里，大家都不必讨论就假设苏联政权是邪恶的化身。"）茨普金曾数次试图发表一些诗，但未成功，之后他一度停止写作。他的大部分时间都用于完成《胰蛋白酶化组织的细胞培养之形态学及生物学特性研究》，这是他为取得科学博士学位而写的论文。（他较早时为哲学博士学位而写的论文，是研究曾一再动过手术的脑肿瘤的生长率。）在一九六九年完成第二篇论文的答辩之后，茨普金获加薪，这使他毋须夜里继续在一家小医院兼职做病理学家。他已四十多岁，这时他重新提笔写作——不是诗，而是散文。

在他剩下的十三年生命中，茨普金创作了少量作品，它们广度和复杂性愈来愈大。在写了几篇短文之后，是一些较长、较有情节的故事，以及两部自传性的中篇小说《跨越涅罗奇的大桥》和《诺拉尔塔基尔》，接着是他最后也最长的小说作品《巴登夏日》。《巴登夏日》有点像梦幻小说，在流动的、充满激情的叙述中，小说中的做梦者也即茨普金本人总是把自己的生活与陀思妥耶夫斯基的生活联系起来。写作即是饱啖，即是孤绝。"从星期一到星期五，"米哈伊尔·茨普金回忆说，"父亲总是在七点四十五分准时离家去脑灰质炎及病毒性脑炎研究所上班，研究所坐落在莫斯科一个远郊，距伏努科沃机场不远。他晚上六时回家，吃晚饭，打一会儿盹，然后坐下来写作——如果不是散文，就是医学研究论文。晚上十时上床前，他有时会散一下步。他通常也把周末用在写作上。父亲渴望利用一切机会写作，但写作是困难的，痛苦的。他为每一个字苦思冥想，无休止地修改手写的手稿。修改完毕，他便用一部古旧、光滑的德国产打字机，一部'埃里卡'——第二次世界大战的战利品，是一位叔叔在一九四九年送他的——把散文打出来。他的作品就维持这个形式。他没有把手稿寄给出版社，也不想在地下刊物流传他的散文，因为他害怕会被克格勃找麻烦，也害怕会失去工作。"在没有出版希望或前景的情况下写作——这意味着对文学怀着何等巨大的信念？茨普金的读者从未超出他的妻子、儿子和儿子在莫斯科大学的一两位同学。他在莫斯科任何文学圈子里都没有真正的朋友。

在茨普金的直系亲属中，有一位文学要人，就是他母亲的妹妹、文学批评家莉迪娅·波利亚克，《巴登夏日》的读者在第一页就瞥了她一眼了。在开往列宁格勒的火车上，叙述者打开一本书，一本珍贵的书。在读了对书的封皮和装饰性的书签的一番精心描述之后，我们才知道那是陀思妥耶夫斯基的第二任妻子安娜·格里戈里耶夫娜·陀思妥耶夫斯基的《日记》，也才知道这本落在茨普金手中时已残旧、几乎要散架的书，属于一位没有提到名字的姨妈，她只能是莉迪娅·波利亚克。茨普金写道，由于"我骨子里没想过要归还这本从拥有一个大书房的姨妈那里借来的书"，所以他请人修整这本书，重新做了一个封皮。

据米哈伊尔·茨普金说，他父亲一些短篇小说中提到波利亚克，对她颇有微词。半个世纪来她一直是莫斯科知识界人脉极好的一员，自二十世纪三十年代起就在高尔基世界文学研究所担任研究员，即使在五十年代初反犹清洗运动期间她被剥夺莫斯科大学的教职时，她仍能保留在研究所的职位，西尼亚夫斯基后来在那里成为她的年轻同事。虽然是她安排茨普金与西尼亚夫斯基那次流产的会面，但波利亚克显然不认可外甥的作品，并瞧不起他，而他则因此永远无法原谅她。

一九七七年，茨普金的儿子和儿媳妇决定申请出国签证。茨普金的妻子纳塔利娅·米赫尼科娃担心她那份需要政审的工作可能会不利于儿子的申请机会，遂辞去她在国家物资及技术供应委员会任职的部门的工作，该委员会负责把道路建设和建筑的重设备分配给实际上所有苏联经济部门，包括军队。签证获批准，米哈伊尔和叶连娜·茨普金前往美国。当克格勃把这个消息告诉脑灰质炎及病毒性脑炎研究所所长谢尔盖·德罗兹多夫之后，茨普金就立即被降为初级研究员——这是一个没有高级学位者的职位（而他有两个高级学位），也是他二十多年前初进来时的职位。他的已成为夫妻俩唯一收入来源的工资，现在又被减去百分之七十五。他依然每天去研究所上班，但不能再做实验室研究，实验室研究总是以团队的形式进行，但他的同事都不愿与他共事，唯恐与"不良分子"沾边。在别的机构寻找一个研究职位是不可能的，因为在每一份工作申请书中他都得写明他的儿子已移民。

一九七九年六月，茨普金、他妻子和他母亲申请出国签证。接着，他们等了将近两年。一九八一年五月，他们接到通知，称他们的要求"不适当"，申请被拒。（从苏联移民出来，实际上在一九八〇年就停止了，当年苏联与美国的关系因苏联入侵阿富汗而恶化；显然，华盛顿暂时不会提供任何用来交换苏联允许犹太人离境的优惠。）茨普金正是在这个时期，写出《巴登夏日》的大部分。

他一九七七年开始写这本书，一九八〇年脱稿。写这本书之前，他做了多年准备：查阅档案和拍摄与陀思妥耶夫斯基的生活有关的地方及陀思妥耶夫斯基小说中提到的他的人物在哪个季节和哪一天的哪个时刻去过的地方的照片。（茨普金是一位专心致志的业余摄影师，自五十年代初起就拥有一部相机。）在完成《巴登夏日》之后，他把一本收录这些照片的相册送给列宁格勒的陀思妥耶夫斯基博物馆。

不管要在俄罗斯出版《巴登夏日》是多么难以设想，但仍有一个选择，就是在国外出版，就像当时最好的作家处理他们的作品那样。茨普金也决定这样做，并请求已在一九八一年初获准离开苏联的记者朋友阿扎里·梅塞雷尔把手稿的一个副本和一些照片偷偷带出苏联。梅塞雷尔通过两位美国朋友——一对夫妇，他们是合众国际社驻莫斯科记者——的协助，得以安排把手稿偷带出国。

一九八一年九月底，茨普金、他妻子和他母亲重新申请出国签证。十月十九日，母亲薇拉·波利亚克逝世，享年八十六岁。一周后，三人的签证申请遭拒绝；这一回，拒绝的决定仅用了不足一个月。

一九八二年三月初，茨普金去见莫斯科签证处的主管，后者告诉他："医生，你永不会获准移民。"星期一，三月十五日，谢尔盖·德罗兹多夫通知茨普金，他不会继续被该研究所聘用。同一天，在哈佛大学研究院的米哈伊尔·茨普金打电话回莫斯科，宣布他父亲星期六终于成为一位发表作品的作家了。阿扎里·梅塞雷尔成功地把《巴登夏日》交给纽约一家俄罗斯流亡者周报《新报》，该报将连载该小说。第一部分于三月十三日见报，配有茨普金拍摄的一些照片。

三月二十日星期六早晨，茨普金五十六岁生日，他在写字桌前坐下来，继续做把一篇医学文章从英语译成俄语的工作——翻译是被拒移民者（被拒绝出国签证并被辞退工作的苏联公民，通常是犹太人）省吃俭用地维生的少数几个可能性之一。他突然感到不舒服（是心脏病），于是躺下来，呼唤妻子，然后逝世。他成为有小说发表的作者刚好七天。

·

对茨普金来说，使《巴登夏日》中一切具有事实性质的事情都忠实于它所描绘的真实人物的故事和环境，是一件道义上的事。它与 J·M·库切①那本奇妙的《彼得堡的大师》不同，不是一部关于陀思妥耶夫斯基的幻想小说。它也不是一本纪实小说，尽管茨普金斤斤计较一切都要"正确"（用他儿子的话来说，他在各方面都"非常有系统"）。很有可能，茨普金想像如果《巴登夏日》以书的形式出版，应包括他拍摄的一些照片，因而预示了 W·G·泽巴尔德②作品的个人标签的效果，

① J. M. Coetzee（1940— ），南非小说家，获诺贝尔奖后移居澳洲。
② W. G. Sebald（1944—2001），德国小说家。

后者在书中加插照片，使神秘性和感染力充满了最质朴的逼真性。

《巴登夏日》是一部什么样的书？从一开始，它就提出一种双重叙述。背景是冬天，十二月底，没有具体日期：一个"现在"的物种。叙述者正乘坐火车去列宁格勒（以前和未来的圣彼得堡）。另一个背景是一八六七年四月中旬。新婚的陀思妥耶夫斯基夫妇——费奥多尔（费佳）和他的年轻妻子安娜·格里戈里耶夫娜——已离开圣彼得堡，正在前往德累斯顿的途中。有关陀思妥耶夫斯基夫妇的旅行的记述——因为在茨普金的小说中他们主要都生活在国外，而不只是在巴登-巴登——都被一丝不苟地研究过。叙述者——茨普金——讲述自己的事情的段落，则全部是自传性的。由于想像与事实很容易形成对照，我们往往会从类型中吸取经验，把虚构故事（小说）与真实生活叙述（纪事和自传）分隔开来。这是一种常例——我们的常例。在日本文学中，所谓的我小说（私小说）是主流小说形式，它是指故事基本上是自传的，但含有虚构的成分。

《巴登夏日》以幻觉式的快速联想，描绘、讲述、再创造多个"真实"的世界。茨普金的小说的原创性，在于它运动的方式，从匿名叙述者的离开、踏上穿越荒凉的当代苏联风景的旅程，到外游的陀思妥耶夫斯基夫妇的生活。在现在的文化废墟中，热烈的过去照射着。茨普金正旅行进费佳和安娜的灵魂和肉体，一如他旅行去列宁格勒。小说中弥漫着惊人的、不寻常的心灵相通。

茨普金将在列宁格勒待几天：这是一次陀思妥耶夫斯基朝圣（显然不是第一次），一次孤独的朝圣（显然一如往常），它将以访问陀思妥耶夫斯基逝世的房子告终。陀思妥耶夫斯基夫妇刚好正开始他们一贫如洗的旅行；他们将在西欧羁留四年。（值得一提的是，《巴登夏日》的作者从未获准离开苏联。）德累斯顿、巴登-巴登、巴塞尔、法兰克福、巴黎——他们的处境不断受到阻碍重重的经济惨况带来的混乱和羞辱的扰攘，同时必须与无礼的外国人（门房、马车夫、女房东、侍者、店主、当铺老板、赌台管理员）打交道；以及受到各种心血来潮和各种起伏不定的情绪的搅扰。赌博的热度。道德的热度。疾病的热度。情欲的热度。嫉妒的热度。悔恨的热度。恐惧……

茨普金这部对陀思妥耶夫斯基的生活进行虚构性再创造的作品所描写的重点，并不是赌博，也不是写作，也不是救世，而是夫妻之爱那灼热、高洁的绝对性（那是不能用满意来衡量的）。谁能忘记把他们夫妻做爱比作游泳这一意象？安娜对费佳所怀的无所不原谅但永远高贵的爱，与文学信徒茨普金对陀思妥耶夫斯基的爱合拍。

一切都不是发明的。一切又都是发明的。起框架作用的活动是叙述者走访陀思妥耶夫斯基生活和小说的发生地之旅，它是为我们手中捧读的这本书所做的准备的一部分（一如我们逐渐意识到的）。《巴登夏日》属于小说中一种罕见而极具野心的亚类型：重述另一个时代一个有成就的真实人物的一生，并把这个故事织入现在的一个故事，也即本书作者反复琢磨、试图更深入地挖掘某个其命运不仅将具有历史意义而且将具有里程碑意义的人的内心生活。（另一个例子，以及二十世纪意大利文学的光荣之一，是安娜·班蒂的《阿尔泰米西娅》。）

茨普金在小说第一页离开莫斯科，而小说的三分之二发生在抵达列宁格勒的莫斯科站之前的旅途上。虽然他知道在莫斯科站附近某一地点即是陀思妥耶夫斯基度过生命中最后几年的那座"普通、灰色的彼得堡住宅"，但他却提着行李箱在凛冽的暗夜里向前走，越过涅瓦大街，以便经过与陀思妥耶夫斯基晚年有关系的一些地点，然后来到他在列宁格勒时一向留宿的地方——一座残旧的共用公寓的一个单元，这里居住着一位被他以温柔的笔调描述的女人，她是他母亲的密友。她欢迎他，给他弄吃的，整理一张破沙发让他睡，并一如往常问他："你还那么着迷陀思妥耶夫斯基吗？"她上床后，茨普金随便从摆在她书架上的革命前出版的陀思妥耶夫斯基全集中抽出一本——《作家日记》——埋头读起来，一边思考陀思妥耶夫斯基的反犹主义的神秘性一边沉沉睡去。

在与他那位深情的老朋友聊了一个上午，以及听了更多关于列宁格勒大围困期间忍受的种种恐怖的故事之后，茨普金出发——冬天短暂的白天已在变暗——到城内各处漫游，"拍摄拉斯科尔尼科夫的房子或放高利贷的老太太的房子或索涅奇卡①的房子或他们的作者在他生命中最黑暗最秘密的时期也即他从流亡中归来之后那几年间住过的房子的照片"。茨普金

---

① 拉斯科尔尼科夫、放高利贷的老太太和索涅奇卡都是《罪与罚》的人物。

"在某种直觉的驱使下"走着，竟也能"一点不差地"来到那个"正确地点"——"我的心怦怦跳，充满欢乐和某种模糊意识到的感觉"——在陀思妥耶夫斯基逝世的那座四层的街角楼房的对面，如今是陀思妥耶夫斯基博物馆；有关这次参观的描写（"博物馆里弥漫着一种近于教堂式的寂静"）接入对一个不逊于托尔斯泰手笔的临终场面的叙述。茨普金正是透过安娜的极度悲伤这个棱镜，而再创造了书中漫长的临终时辰。这是一本关于爱，关于婚姻之爱和文学之爱的书，两种爱绝没有任何关系也不能互相比较，但各自获得应有的地位，各自贡献其热情的火焰。

·

爱陀思妥耶夫斯基又明知他仇视犹太人，我们该怎么对待——一个犹太人该怎么对待——这件事？如何解释"这位在小说中对他人的受苦如此敏感的人，这位受侮辱者和受损害者的珍贵的捍卫者"的邪恶的反犹主义？又如何理解"陀思妥耶夫斯基似乎特别吸引犹太人这一现象"？

在早期喜爱陀思妥耶夫斯基的犹太人之中，才智最非凡的是列昂尼德·格罗斯曼①，他是茨普金所列的这类人物的名单上的第一人。格罗斯曼是茨普金对陀思妥耶夫斯基的生活的再想像的一个重要来源，而《巴登夏日》开头提到的其中一本

_____

① Leonid Grossman (1888—1965)，苏联文学批评家，陀思妥耶夫斯基研究专家。

书，就是格罗斯曼的学术劳动的产物。正是格罗斯曼编辑了安娜·陀思妥耶夫斯基《回忆录》的第一个选本，它在她逝世七年后，于一九二五年出版。茨普金猜测，陀思妥耶夫斯基的遗孀回忆录中没有"讨厌的小犹太人"这类预期中的词语可能是由于她的回忆录是在革命前夕、在她已认识格罗斯曼之后写的。

茨普金一定熟悉格罗斯曼撰写的有关陀思妥耶夫斯基的很多有影响力的论文，例如《巴尔扎克与陀思妥耶夫斯基》（1914）和《陀思妥耶夫斯基的藏书》（1919）。他可能读过格罗斯曼的小说《轮盘堡》（1932），它是对陀思妥耶夫斯基那部关于赌博狂热的中篇的注脚。（《轮盘堡》是《赌徒》的原标题。）但是，他不可能读过格罗斯曼的《一个犹太人的忏悔录》（1924），因为它早已完全停止流通了。《一个犹太人的忏悔录》讲述最吸引人和最惹人怜惜的犹太陀思妥耶夫斯基主义者阿尔卡季·乌里·科夫纳（1842—1909）的一生，科夫纳成长于维尔纽斯犹太人隔离区，与陀思妥耶夫斯基曾有过书信来往。科夫纳是一个不顾后果的自学者，被陀思妥耶夫斯基的魔力所迷，甚至在读了《罪与罚》之后受其影响，不惜从事盗窃，以解救他所爱的一名贫病交加的年轻女子。一八七七年，科夫纳被送往西伯利亚服四年苦役前，从一座莫斯科监狱的牢房里给陀思妥耶夫斯基写信，在陀思妥耶夫斯基反感犹太人的问题上对他提出挑战。（这是第一封信；第二封信是关于灵魂的不朽。）

最终，陀思妥耶夫斯基反犹这一令人苦恼的问题并未得到解决。它也是茨普金抵达列宁格勒时突然在《巴登夏日》澎湃起来的主题。他写道，这似乎"奇怪到了难以置信的地步……对一个被迫害了数千年的民族，这个人竟然没有半句替他们辩护和辩解的话……他提到犹太人时甚至没有把他们当成一个民族，而是一个部落……而我属于这个部落，还有我的很多朋友和相识的人，而我们曾讨论俄罗斯文学的一些最微妙的问题"。然而，这并没有阻止犹太人继续爱陀思妥耶夫斯基。这如何解释？

茨普金没有提供比犹太人对俄罗斯文学的伟大性的热爱更好的解释——这也许会使我们想起德国人对歌德和席勒的崇拜大部分是犹太人在造势，直到德国开始屠杀犹太人为止。爱陀思妥耶夫斯基意味着爱文学。

·

《巴登夏日》是俄罗斯文学的所有伟大主题的速成课，由其语言的独创力与速度统一起来，这语言大胆地、极有诱惑力地在第一人称和第三人称之间——叙述者（"我"）所做的事情、记忆、沉思与陀思妥耶夫斯基的场景（"他"、"他们"、"她"）——和在过去与现在之间游动。但这既不是单一的现在（关于叙述者茨普金的陀思妥耶夫斯基朝圣之旅），也不是单一的过去（一八六七年至一八八一年也即陀思妥耶夫斯基逝世那一年的陀思妥耶夫斯基夫妇），而是在过去的陀思妥耶夫斯基沉溺于记忆中某些场景、他生命早期某些时刻的激情，在现在的叙述者则回想他的过去。

每一个段落的缩格都以一个很长、很长的句子开始，其连接词是"和"（很多）和"但"（一些）和"尽管"和"于是"和"然而"和"就像"和"因为"和"仿佛"，尚有很多破折号，直到段落终结时才有句号。在拖长这些热情的段落式句子的过程中，感情的河流沿着陀思妥耶夫斯基的生活和茨普金的生活的故事汇合和洗涮：一个以费佳和安娜在德累斯顿开始的句子，可能会闪回到陀思妥耶夫斯基被定罪的时期或较早的、与他和波利娜·苏斯洛娃的恋情有关的赌博瘾的发作，然后交织上叙述者医学院学生时代的一段记忆和对普希金一些诗行的思索。

茨普金的句子令人想起若泽·萨拉马戈①的连写句，这种连写句把对话夹在描述里，把描述夹在对话里，并遭到动词的阻挠，因为那些动词都拒绝连贯地停留在过去时或现在时。茨普金的句子连绵不绝，具有与托马斯·伯恩哈德②的句子同等的力量和繁密的权威。显然，茨普金不可能读过萨拉马戈和伯恩哈德的书。在二十世纪文学中，他有别的令他迷醉的楷模。他爱帕斯捷尔纳克的早期（而不是后期）散文——《安全保护证》而不是《日瓦戈医生》。他爱茨维塔耶娃。他爱里尔克，部分原因是茨维塔耶娃和帕斯捷尔纳克都爱里尔克；他读的外国文学很少，并且只读译本。在他所读的作品中，他的至爱是卡夫卡，他是通过二十世纪六十年代中期苏联出版的一卷卡夫

---

① Jose Saramago（1922— ），葡萄牙小说家。
② Thomas Bernhard（1931—1989），奥地利戏剧家和小说家。

卡小说集而发现卡夫卡的。令人叹为观止的茨普金句子完全是他自己发明的。

茨普金的儿子在回忆父亲时，形容他痴迷于细节并且有洁癖。他的儿媳妇在谈到他选择医学专业——病理学——却决定绝不做临床医师时忆述说："他对死亡非常感兴趣。"也许只有被死亡纠缠的强迫性疑病患者——而茨普金似乎是这样一个人——才有可能发明一种自由得如此独创的句式。他的散文是描写他的主题的情感强度和丰富性的理想载体。在一本篇幅相对小的书中，长句意味着包容性和联想性，意味着一种通常沉浸在固执中的性情所具有的炽热的敏捷。

除了记述那无与伦比的陀思妥耶夫斯基之外，茨普金的小说还提供了一次非凡的俄罗斯现实的精神之旅。理所当然的——如果用理所当然来形容不至于太怪异的话——是苏联时代的种种苦难，从一九三四年至三七年的"大清洗"，到叙述者探索的现在：整部小说都与它们共呼吸。《巴登夏日》还是对俄罗斯文学——俄罗斯文学的整个弧形——的一次精神饱满和激荡的描写。普希金、屠格涅夫（书中有陀思妥耶夫斯基与屠格涅夫之间激烈的对抗），以及二十世纪文学和道德斗争中的伟大人物——茨维塔耶娃、索尔仁尼琴①、萨哈罗夫②和邦纳③——也都进入、涌入小说里。

读完《巴登夏日》，你会净化、震撼、坚强、轻轻地深呼

---

① Alekandr Solzhenitsyn（1918—2008），俄罗斯小说家，曾长期流亡美国。
② Andrei Sakharov（1921—1989），苏联核物理学家，持不同政见者。
③ Yelena Bonner（1923— ），萨哈罗夫遗孀。

吸；你会感激文学，感激它所能包含和示范的一切。列昂尼
德·茨普金没有写一部浩瀚的长篇。但他经历了一次伟大的
旅程。

双重命运

论安娜·班蒂的《阿尔泰米西娅》

"别哭。"这是安娜·班蒂的小说《阿尔泰米西娅》开篇的话。谁在说？什么时候？第一人称的声音——作者的声音——说"这是八月的日子"，略去日期和年份，但这些不难填充。一九四四年八月四日；第二次世界大战末期——这是班蒂的小说开始的时间，小说的主角是十七世纪意大利画家阿尔泰米西娅·真蒂莱斯基①。继墨索里尼政府崩溃之后，纳粹德国对佛罗伦萨的侵占已进入骇人的、最后的阶段。那天凌晨四点，已开始撤离佛罗伦萨的德国人引爆他们埋在阿尔诺河沿岸的地雷，最终把除了韦基奥桥之外的所有珍贵桥梁全部炸毁，以及破坏河畔或河畔附近的众多房子，包括圣雅可布镇班蒂居住的房子，她那部已接近完成的关于阿尔泰米西娅·真蒂莱斯基的新小说的手稿被埋没在废墟中。

"别哭。"谁在说话？在哪里？是仍穿着睡袍的作者（仿佛在梦中，她写道）坐在阿尔诺河南岸岬角上的博博利花园一条石子路上饮泣着，告诉自己别哭，终于不哭了，因为她更尖锐地意识到数小时前的爆炸所造成的破坏的幅度，并被震呆。佛罗伦萨的历史中心仍在燃烧着。仍有战斗，枪火。（还要再过七天，全城才被盟军解放。）难民聚集在更高处的贝尔韦代雷堡，她刚于较早时从那里下来；她写道，这儿附近没人。不久她将站起来眺望阿尔诺河沿岸的瓦砾。一整天将过去。继小说开头数行所描写的博博利花园"烦乱的白色黎明"之后，将是中午（书中提到六小时前进入该城市的南非士兵），而班蒂将在下面的皮蒂宫的帕拉丁美术馆避难，然后是黄昏，她将再次在贝尔韦代雷堡（在那里，她说，人们如果出来躺在草地上，将有被机关枪扫射之虞），从那个居高临下的地方她将继续为佛罗伦萨和她周围的死亡而伤心，以及为那部现在只保存在她脆弱的记忆中的手稿而伤心。

"别哭。"谁在跟谁说话？是悲痛的作者在跟自己说话，告诉她自己要勇敢。但她也是在跟她的小说中的女主角——"我的来自三百年前的友伴"——说话，她曾再次活在班蒂曾讲述的她的故事的字里行间。在班蒂哀恸的同时，阿尔泰米西娅的各种形象在她心中澎湃，首先是"幻灭和绝望的阿尔泰米西娅"，人到中年，在那不勒斯，将不久于人世；然后是小女孩阿尔泰米西娅，在罗马，十岁，"她清秀的容貌透露高傲和曾受冷酷对待"。好像是嘲弄失去的手稿似的，"那些形象以一种机械的、颇有讽刺意味的从容继续流动，被这个震碎的世界隐藏起来"。《阿尔泰米西娅》失去了，但阿尔泰米西娅、她那

---

① Artemisia Gentileschi（1593—1651），意大利早期巴罗克画家。

悲哀的幽影，却无所不在，难以抑制。不久——阿尔泰米西娅的痛苦，还有班蒂的，变得太剧烈——作者那难过的第一人称声音让位给阿尔泰米西娅的声音，然后又允许它自己成为讲述画家一生的第三人称声音，这第三人称声音先是断断续续，继而篇幅较长。

对读者而言，重要的当然是小说写于——重写于——接下来的三年间，并于一九四七年年底出版，这时安娜·班蒂（露西娅·洛普雷斯蒂的笔名）五十二岁。虽然她在一九八五年以九十岁高龄逝世之前，一共出版了十六部小说和自传作品，却是这部小说——她的第二部小说——确保她在世界文学中占一席位。

这本书犹如凤凰，从另一本书的灰烬中再生，它是对辛酸和坚韧的致敬——既是那位在一六〇〇年代初失去亲人、后来克服重重困难成为著名画家的小姑娘的辛酸与坚韧，也是那位失去其心血结晶、后来写了一部肯定比在战火中烧毁的手稿更原创的小说的作者的辛酸和坚韧。失去手稿使作者自由地进入书中，跟自己和跟阿尔泰米西娅说话。（"别哭"）阿尔泰米西娅变得愈来愈贴近作者的心灵，作者的感觉深化了，变得近于爱恋。阿尔泰米西娅是那捉摸不定的爱人，由于手稿的失去，她反而更强烈地存在于作者心中，并且比任何时候都更紧迫。这是一种尚待充分描述的爱的关系，也即时而温柔时而抱怨的作者与那个猎物、受害者、暴君之间的关系，前者需要后者的注意和共谋。

一位小说家对主角的激情，从未如此热切地表达过。像弗吉尼亚·伍尔夫①的《奥兰多》一样，《阿尔泰米西娅》是某种与其主角的共舞：作者所能发明的与其迷人的传主的全部关系都在舞中穿梭。那部失去的小说被重铸成一部关于一件萦绕心头的事情的小说。未见过如此放肆的身份认同：安娜·班蒂并不是在阿尔泰米西娅·真蒂莱斯基身上发现自己——如同伍尔夫不觉得她是奥兰多。相反，阿尔泰米西娅永远是全然的另一个人。而小说家则是她的奴仆——她的誊写员。有时候阿尔泰米西娅是娇嗔地难以接近的。（"为了进一步责备我和使我对她的丧亲感到遗憾，她垂下眼睑，仿佛要让我知道她正在想着某件心事而她绝不把真相告诉我。"）别的时候她百依百顺、充满诱惑力。（"现在阿尔泰米西娅纯粹为了我好而背诵她的功课；她要向我证明她相信我发明的一切事情……"）这本书是一份遗嘱，由阿尔泰米西娅口授。但也是一个故事，由突发奇想推动，灌满作者的凭空想像的情节，完全不按照阿尔泰米西娅的吩咐，尽管她也许不会反对。班蒂要求讲下去，并获阿尔泰米西娅准许。她遇到阿尔泰米西娅的阻力，后者不太愿意让她了解她的思想。她们都在玩隐藏的游戏："我们在玩捉迷藏的游戏，阿尔泰米西娅和我。"

有一次班蒂宣称她不再在乎那本接近完成的书："即使我见到那部失去的手稿，充满污斑，躺在我身边，在那片仍回荡着大炮声的草地上，我也不会想去读它一行。"但这只是虚张声势罢了。阿尔泰米西娅萦绕在班蒂心中，挥之不去。为什么

---

① Virginia Woolf（1882—1941），英国女小说家、评论家。

要打发她走呢？毕竟，"囚徒需要想办法自娱，而我只剩下没几个玩物，只有一个我可以给它穿衣服脱衣服的玩偶；尤其是脱衣服……如果阿尔泰米西娅仍只是一个鬼影而不是一个有分量、奇异的名字，她会对着我这些不敬的题外话打寒战。"

一个也许可被称为某种恋人的作者，将不可避免地是一个坚持在场的人——在她的书中沉思、打断、流连。小说是毫不掩饰的对话体（情话的本质就是对话体的），它提供一种激烈的第一人称和第三人称声音的混合物。"我"通常属于班蒂，但在酸楚的叙述场合也可能属于阿尔泰米西娅本人。第三人称声音提供了超脱、全知的经典式叙述，或——在大多数时候——提供较温暖的变体，被称作自由间接引语，这变体是如此紧密地依附一个人物的思想，无异于一种变调的或伪装的第一人称。由于作者擅自代表阿尔泰米西娅，对关于阿尔泰米西娅的事情哪些可以说哪些不可以说作了热诚的公开表白和作了神经兮兮的探究，因此可以说，作者永远在近旁。

这部小说是一次作者与阿尔泰米西娅之间的谈话——班蒂大胆地提及通过"我们的谈话"而与小说建立紧密的关系——但她也作出其他声明，仿佛要使人相信她与她的人物维持一种较冷淡的关系似的（班蒂已在序言中声明她"也许太喜欢"她的人物）。她们的关系类似"某种律师与当事人依法律制订的合约，而我必须履行合约"。或，班蒂觉得，阿尔泰米西娅"是一个债权人，某种执拗、审慎的良知，我已逐渐习惯它，就像习惯睡在地面上"。这一切都是为了解释——或进一步复杂化——这样一个事实，也即班蒂意识到她"将永远不可能再摆脱阿尔泰米西娅"。

班蒂出现在叙述中，是小说的核心——是小说之心。在另一个段落中，班蒂想像阿尔泰米西娅青春期——当时她已是一位成就非凡的艺术家——那次众所周知的事件：她于一六一一年遭她卓著的父亲的一位画家同行强奸；决定把强奸案公开以讨回公道；一六一二年审讯，在审讯中这位少女原告饱受煎熬，因为她必须决定是否讲真话；阿尔泰米西娅胜诉（但这并没有减弱丑闻），之后她那位经常不在家的父亲便带着名声扫地的女儿离开罗马去佛罗伦萨。而现在是一九四四年秋天，在佛罗伦萨，班蒂自称正"拖着阿尔泰米西娅散步，穿过在难民离开后破败而荒凉的博博利花园；而我逼她跟着这片辽阔、受污染的地区仅剩的几位愁眉苦脸的业主一起，去会见妓女和粗鲁的士兵"。班蒂把作家在想像、再创造、发明方面的自由，发挥得淋漓尽致——这些传统权利同样适用于以纪实为主、被称作"历史的"小说——从而把阿尔泰米西娅变成一个备受折磨、先发制人的作者的受监护人，这位作者宣称有权拖着一个再创造的真实人物到处走，把新的感觉强加给她，甚至改变她的外貌。班蒂说，有一回阿尔泰米西娅"变得如此驯服，就连她的头发的颜色也改变了，几乎变成黑色，皮肤变成黄褐色，如同我第一次在泥土色的文件中读到她的审讯记录时我所想像的颜色。我闭上眼睛，第一次用'你'①来称呼她"。

---

① 表示亲热。

班蒂作为她的主角的一位热切的变戏法者在故事中漫游，但她本人仍留在她自己的时代。是阿尔泰米西娅变成时间旅人、访客、幽灵，她是如此真实，甚至可以在作者的意识中被具体地量度。是以，阿尔泰米西娅关于强奸案的叙述是以告诉作者的方式讲述的，而当这个令人同情的故事中断，班蒂说："她把头靠在我肩上，它轻如麻雀。"实际上，小说较前面关于强奸案的惊人地简洁的记述，是完全封闭在与班蒂的对话式交谈中的。

阿尔泰米西娅幽灵般闯入班蒂的现在，使得推进中的关于画家一生的叙述的每一步骤，都充满情感紧迫力，要求与难以进入的过去建立一种不寻常的亲密度。"我像一颗不能发芽的种子困在时间和空间里，倾听腻烦的沙沙声，那是数世纪的，我们自己的世纪和阿尔泰米西娅的世纪加起来的充满尘埃的呼吸。"小说中时而有普通的泄气。那是一年后，一九四五年："我现在承认，"她写道，"要复活并理解发生在三百年前的某次行动是不可能的，更别说是某种情绪，以及在当时是悲伤或快乐的事情。"更引人深思的是，班蒂问自己到底现实的新冲击——战争及其毁灭——是否已超过了对该部小说的关注和改变了写作该小说的条件。"她的故事的节奏曾经有自己的道德和意义，现在它们可能因为我最近的经验而崩溃消散了。我觉得不足挂齿的道德和意义。阿尔泰米西娅必须满足于接下去的叙述。"

接着，小说便回到这个画家的——这个女人的——故事。

．

今天，阿尔泰米西娅·真蒂莱斯基是大批无与伦比的欧洲古典大画家之中唯一的女成员，但是当班蒂决定把她作为主要人物写进小说时，阿尔泰米西娅仍不是一位正典画家。话说回来，这个人物的一生对这位作家而言似乎是一个明显不过的表现对象。班蒂最初十年也即二十世纪二十年代的写作，全都是艺术史，而她在她作为小说家最多产的时期也即二十世纪五六十年代，还偶尔会回到出版关于画家的专著，这些画家包括洛伦佐·洛托①、弗拉·安杰利科②、贝拉斯克斯③和莫奈④。她的短篇小说和长篇小说几乎都有女主角——具有独特精神的女人，孤独的女人（她们可能是有权势男人的妻子），义愤的女人；作者的义愤则必须从那庄严、优雅的第三人称声音所未道出的来推断。一再使用这类人物表明班蒂对自己的抱负和成就的矛盾感情。她在二十世纪三十年代似乎梦想成为电影导演，而这在法西斯主义的意大利是不可能的，于是她转向写小说。（她的第一个作品是一个短篇小说，一九三四年以笔名发表于一家文学杂志，从此她就使用这个笔名。）诚如她在逝世前所说的，她偏爱写女人的故事，这些女人"以她们特有的智慧"，逐渐"意识到善已失败"，她们的命运是"一种不快乐的

① Lorenzo Lotto（1480—1556），意大利画家。
② Fra Angelico（1359—1455），早期意大利文艺复兴时期画家。
③ Diego Velazquez（1599—1660），西班牙画家。
④ Claude Monet（1840—1926），法国印象派画家。

平庸"——而不是在某个艺术职业中坚韧不拔的成功故事。

以一种骚动不安的情绪化声音写成的关于阿尔泰米西娅·真蒂莱斯基的这部小说,是一个重大的例外: 记述一位有巨大天分的女人的胜利,尤其是当时在艺术领域追求独立事业对一个女人来说几乎是一种难以想像的选择。

颇恰当的是,阿尔泰米西娅这个名字使人联想到女性的坚定自信,联想到女性做事不逊于男性。在希腊神话中阿尔泰米西①——阿尔泰米西娅意思是"阿尔泰米西之花"——是狩猎女神。在历史——希罗多德的杰作《历史》,该书详细记述波斯帝国企图征服波斯国王薛西斯一世辽阔领土西北边缘上那些独立的希腊小城邦——中,它是一位女王和军事领袖的名字:爱奥尼亚的希腊城市哈利卡纳苏斯的女王阿尔泰米西娅,她加入波斯军队,并被薛西斯一世指派去管辖他的五艘战船。

和一般职业相比,一位希腊女王指挥一支波斯海军中队,其不可能仅略高于一个十七世纪意大利女人成为一位人们趋之若鹜的、绘制《圣经》题材或古典题材的大型叙事作品 ——其中很多是描绘妇女的愤怒和妇女的受害——的职业画家。女人杀男人——犹滴②砍死荷罗孚尼③、雅亿④杀死西西拉⑤。女人自杀——克娄巴特拉⑥、卢克雷齐亚⑦。女人脆弱或受羞辱或求

---

① 一般译作阿耳忒弥斯。
② Judith,古犹太寡妇,砍死亚述大将荷罗孚尼而救全城。
③ Holofernes,基督教《次经》故事人物,引兵攻打耶路撒冷。
④ Jael,《圣经》中的希伯来妇人。
⑤ Sisera,《圣经》故事人物。
⑥ Cleopatra(公元前69—公元前30),埃及女王,以毒蛇自杀。
⑦ Lucrezia,古罗马传说中的贞女。

饶——苏珊娜[①]与长老们、悔罪的抹大拉[②]、亚哈随鲁[③]面前的以斯帖[④]。所有这些表现对象都暗示阿尔泰米西娅本人遭受的煎熬，她本人已做了一件英雄式、实际上是前所未闻的事了：在法庭上谴责一名强奸犯，要求把他定罪。（班蒂想像"年轻的阿尔泰米西娅渴望公道、报复、控制局面"。）她的英雄主义、她的抱负是与她所受的羞辱密切相关的；在一定程度上，羞辱、丑闻使她得到解放——一宗强奸案的丑闻，而受害人自己公开出来（就像我们可以想像希罗多德的阿尔泰米西娅投敌这一丑闻使她的军事才能得到解放）。

班蒂复述阿尔泰米西娅的决定："因此我说，我要独自走下去；我当时想，经过这次羞辱，至少我有权像男人一样自由。"因为一个女人要自由、要像男人，意味着选择——牺牲——意味着痛苦，男人可能会选择但不一定会引致的痛苦。在班蒂的记述中，对阿尔泰米西娅而言主要问题不是这次强奸，不是强奸者被定罪后她父亲强迫她与一个默默无闻的青年男子结婚，也不是她为丈夫生的四个孩子（其中三个夭折），而是她专心致志于她的艺术创作造成的不可避免的孤独；她的寂寞——因为按班蒂的理解，阿尔泰米西娅生命中的主要关系，是与一个她无条件地、充满尊敬地去爱、而他却不爱她的人的关系：她的父亲奥拉齐奥·真蒂莱斯基，他是大画家，也

---

① Susana，《旧约》中在巴比伦被抓俘的女人。
② Penitent Magdalene，即抹大拉的马利亚，耶稣门徒之一。
③ Ahasuerus，《圣经》中的波斯国王，娶以斯帖为妻。
④ Esther，《圣经》中的犹太人。

是卡拉瓦乔①的朋友。（在艺术史的地图上，父女两人都跻身于卡拉瓦乔主义之后大量涌现的巴罗克画家之列。）是他训练其早熟的女儿和她的三个弟弟，但三个弟弟都只是泛泛之辈而已。但他在阿尔泰米西娅的生命中常常缺席，最后二十年更是先在热那亚，继而巴黎，最后在英国度过的，他是一群画家中的成员，该群画家包括查理一世宫廷里的安东·范·戴克②——理查一世是那个年代最重要的油画收藏家。由于阿尔泰米西娅生命中的主要关系是与这位严厉、排斥性的父亲的关系，因此小说中最丰富和激动人心地叙述的事件，是年届七十四岁的奥拉齐奥突然传召阿尔泰米西娅，要她加入英国宫廷，成为他的同行画家时，阿尔泰米西娅孤身只影踏上从那不勒斯（经里窝那、热那亚、巴黎和加来）到伦敦的海上和陆上旅程。

虽然她为了当一位艺术家而藐视她的性别行为标准（以及放弃会使她软弱的女人的各种需要），是一种英雄式的举措，但阿尔泰米西娅却是一个熟悉的女性类型。她的生活和性格是由她对她那位难以捉摸的、技艺精湛的父亲的畏惧和屈从所决定的。阿尔泰米西娅生命中没有母亲。母亲的缺席由班蒂补上——一位寻找她的人物的作者，而不是那种相反的、皮兰德娄式的追求③——仿佛阿尔泰米西娅的痛楚、阿尔泰米西娅的

---

① Michelangelo Caravaggio (1573—1610)，意大利画家。
② Anthony Van Dyck (1599—1641)，佛兰德斯画家，生于安特卫普，后来成为英国首屈一指的宫廷画家。
③ Luigi Pirandello (1867—1936)，意大利小说家、剧作家。皮兰德娄式的追求，乃是引申自皮兰德娄的剧作《六个寻找作者的剧中人》。

忧伤，不知怎的竟可由一位生于一八九五年、后来使这位生于一五九〇年代的意大利画家复活并真正理解她的意大利作家的同情的天赋所减轻似的。①

在小说临结尾，当阿尔泰米西娅独自一人，被遗弃在她父亲刚在那里逝世的英国——这一年是一六三八年——时，又有一次跨越几个世纪的交织，因为这时也是一九三九年，而来英国旅行并且无疑会想到她准备要写或已在写的这本书的班蒂，正在寻找——但未能成功——奥拉齐奥的坟墓。接着，小说叙述阿尔泰米西娅返回那不勒斯，只想着死亡。阿尔泰米西娅哀悼父亲，为她自己死在翻倒的四轮马车里或船难或强盗手中做好心理准备（关于这次即将来临的可怕的死亡，有很多版本），但实际上她克服了旅途的艰难险阻，成功地挣脱她那被死亡笼罩的绝望，甚至挣脱她那个"残忍、封闭的世纪"，而这全都是因为她接受自己的身体需要——饥饿、口渴、睡

---

① 班蒂是一位训练有素的艺术史家，她尽可能地尊重现有的资料，使得小说传达一种对该时期做过深入研究的感觉。班蒂对这个人物或其生平所作的改变，是以这样的名义进行的，也即她对阿尔泰米西娅怀有一种独特的占有欲（孩子、心爱的人、忧伤姐妹、至亲），并且这些改变都是公开表明的；它们是小说的情感力度的一部分。但在这里必须区分作家在一部根据真实历史人物写的小说中刻意选择改变已知事实，不同于对事实了解不足。因此，班蒂在小说序言"告读者"中给出的阿尔泰米西娅出生年份一五九八年，是当时获接受的日期。阿尔泰米西娅·真蒂莱斯基的出生年份一五九三年，是在她的出生证于班蒂小说出版约二十年后被发现时，才确立的。

按班蒂的年份，阿尔泰米西娅遭强奸的年龄是十三岁。而她绘制第一幅重要油画《苏珊娜与长老们》时，是十二岁（该油画有签名，年份是一六一〇年）。强奸案，以及阿尔泰米西娅决心控告强奸者和决心在审讯中承受作证的折磨这一意志力——更不要说绘制这样一幅成熟、出色的油画的能力——现已由于我们知道她当时十七八岁而变成一个颇不同的、尽管其震撼性丝毫未减的故事。——原注

眠——和一种幽灵般的安慰，"一种说不清的预感，预感到某个仁慈的时代，某种亲属精神，唯独它知道如何为她哭泣"。

一种亲属精神？在哪种意义上？班蒂在小说中对她心怀同情——一条言明的忧伤的纽带，把作者与主角联结起来；一种具有治疗作用的声援行为，尤其是当作者遭遇她本人和阿尔泰米西娅的忧伤感情时。但小说中没有反映存在于作者与主角之间的另一条纽带——她们都被一位凌驾于她们的重要的男性导师的赞赏、正当的赞赏所奴役——尽管二十世纪的《阿尔泰米西娅》的作者与同一专业的一位著名男性的关系，与这位十七世纪画家与同一专业的一位著名男性的关系一样地明显。

确实，阿尔泰米西娅对父亲的崇拜似乎是安娜·班蒂对丈夫的敬畏的翻版。班蒂的丈夫是二十世纪意大利著名批评家、艺术史家和文化权威罗伯托·隆吉（1890—1970）。隆吉做了很多有力的重新评估工作，其中包括在一九一六年发表的一篇文章中开启现代人对真蒂莱斯基父女的重新发现，把他们视作重要画家。班蒂曾是隆吉的学生，当时他是一个在罗马某高级中学教艺术史的才华洋溢的年轻学者；他们结婚时，她二十九岁，而他三十四岁，已在罗马大学教了两年书。班蒂是隆吉在各种活动中的合作者、一位讲师和一位艺术评论家，接着成为隆吉在一九五〇年创办的有影响力的视觉艺术和文学杂志《试金石》的编辑和重要撰稿人。但是，在两人近半世纪的婚姻中，班蒂依然处于丈夫的阴影下，是丈夫知识上的贤内助——即使在她自己的作家声誉日盛的时候。（《阿尔泰米西娅》是献给隆吉的。）

女艺术家有一位男导师总是比男艺术家有一位男导师更常见。因此，人们提到安娜·班蒂时，总是解释说，她是罗伯托·隆吉的妻子（而不是反过来）——就像人们介绍阿尔泰米西娅·真蒂莱斯基时，总是说她是伟大的奥拉齐奥·真蒂莱斯基的女儿。班蒂——像阿尔泰米西娅一样——就是这样看自己的。

　　诚然，这一切都发生在《阿尔泰米西娅》所公开表明的以外。但最终还是可公开表明的。班蒂的最后一本书，发表于一九八一年，也即隆吉逝世十一年后，当时她八十六岁。这是她最直接地具有自传色彩的小说，英译为《尖厉的叫声》。这是一本赤裸裸的书，一本寡妇的痛苦的书，一本大声地自贬的书。自"老师"逝世后她如何感到丧亲之痛，如何感到失去价值。"老师"是班蒂的"第二自我"叙述者阿涅塞在整部小说中提到她的伟丈夫时的称呼。（在英译本中，她对他的称呼多少有点威严："教授"。）小说对她作为小说家的作品作了令人难过地缺乏自信的评估，充满了对写小说是否值得的怀疑。她觉得她应继续做一位艺术史学者和文学批评家，即使她所写的东西达不到隆吉那近于先知式的学术标准和独到品味。她冒险写小说，她所写的"自豪而义愤的女人"的故事，注定会被瞧不起，被当作渎职。所以才使用笔名："如果她失败了，她的失败就不会连累任何人。她所拥有的，就是这个有点乏味和不高雅的名字了……当她的书陆续出版（每次她都带着真诚的怀疑看待它们），她发现它们赢得受尊敬的认可，但也被带着怀疑看待：她主要是一个名人的妻子，而她必须为这一殊荣付出代价。"

　　笔名不只是一种遮掩，而是一个表示要沉默寡言的誓约。除了写文学批评和电影评论外，写小说是她作为作家的存在有别于隆吉的存在的关键。在小说中，班蒂表达了有别于他的感觉和经验——一个女人、一个嫁给这位名人的女人的感觉和经验——但又不留下痕迹。是以，《阿尔泰米西娅》中那个极其亲密的"我"决意不带上作者的任何自传性材料的色彩。班蒂在书中声明的唯一关系，是与阿尔泰米西娅的关系。她与阿尔泰米西娅一同受苦，她向阿尔泰米西娅学习："通过阿尔泰米西娅我明白到一种受侵犯的纯粹性能够表达它自己的悲伤的所有形式、所有不同的方法。"

　　谈到阿尔泰米西娅的痛苦，她写道："我曾想过用我的文字来减轻它。"但是由于班蒂不得不意识到这部小说的写作所牵涉的非常复杂、苛刻的感情，因此她不能不既扮演阿尔泰米西娅的侵犯者又扮演她的拯救者。她的小说既是残酷的游戏又是爱的行为，既是赎罪又是解脱。她打断故事，宣称："阿尔泰米西娅这一觉醒是我自己的觉醒。这场战争给予的免疫力，大家都觉得自己获允许的这异常的自由，已经终结。"她大胆地认为是"一种活跃的和分享的共同合作，两个不想放弃获救希望的遇难的女人的失控的游戏"已经消失。阿尔泰米西娅"再次融入三世纪前的远方的光里，那是她充分地照耀我的脸孔、使我睁不开眼的光"。

　　又是气馁。过后不久是气馁的消除。小说家为她自己安排一个不可能的任务。班蒂当然不能通过某种跨数个世纪的同情的魔术来治疗阿尔泰米西娅的痛苦或安慰她。但她可以通过承担同情的全部重负来安慰和坚强她自己。和读者——尤其是女读者。

·

《阿尔泰米西娅》绝非唯一见证作者被主要人物纠缠、占据的处境的重要小说。(玛格丽特·尤瑟纳尔①的《哈德里安回忆录》是另一部。)但这部小说是一部特别描写一个有大成就的女人被另一个有大成就的女人所纠缠的小说。因此，仅仅是这个理由，班蒂的小说也已具有女性主义的回响。但并不令人吃惊的是，班蒂总是否认任何有关女性主义感情或态度的说法。她在晚年一封信中承认钦佩弗吉尼亚·伍尔夫——她写过关于她的文章并在一九五〇年翻译她的《雅各的房间》——但她补充说，她不觉得伍尔夫"意气相投"。她在《尖厉的叫声》中谈到她的第二自我时说，女性主义是"一个她讨厌的词"。

当然，否认、猛烈地（甚至带着不屑地）否认自己是女性主义者，是她那代人中最出色和最独立的女性们的普通举措——伍尔夫是光荣的例外。想想汉娜·阿伦特②。或科莱特③，她宣称那些愚蠢得想获得投票权的妇女应当"被鞭打和

① Marguerite Yourcenar (1903—1987)，法国女作家。
② Hannah Arendt (1906—1975)，德国裔政治思想家。
③ Colette (1873—1954)，法国女作家。

做妻妾"。(《流浪的女人》是她的宣言式小说,描写一位妇女选择职业和单身,而放弃一个好男人的爱和放弃感情依赖,班蒂把这部小说翻译成意大利语。)女性主义意味着很多东西;很多不必要的东西。它可被定义为一种立场——关于公正、尊严和自由。这立场,几乎所有独立的妇女都会遵循,如果她们不怕伴随着"女性主义"这个有着如此火药味的声誉的词而来的报复的话。它也可被定义为一种较容易对之加以否认或与之争吵的立场,一如班蒂(还有阿伦特和科莱特)采取的立场。那个版本的女性主义意味着存在一场对男人的战争,而对这类女性来说这种战争是可憎的;那种女性主义意味着公开宣示力量——以及否认女强人的困难和代价(尤其是得不到男性的支持和男性的钟情的代价);更有甚者,它宣称为自己是女人而得意,甚至肯定女人的优越性——所有这些态度,都使很多对自己的成就感到自豪和对这些成就所包含的牺牲和损害有深刻体会的独立的女人所难以苟同。

《阿尔泰米西娅》充满对女性身份令人同情的因素的肯定:女人的弱点、女人的依赖、女人的孤单(要是她们不想做女儿、妻子和母亲)、女人的忧伤、女人的悲哀。做女人即是被禁闭,以及与禁闭作斗争,以及渴望这种禁闭。"'如果我不是女人就好了,'这声徒劳的悲叹,"班蒂的阿尔泰米西娅如此想。"倒不如让她自己与那些被牺牲和被囚禁者结盟,参与她们隐秘、重要的命运,分担她们的感情、她们的计划、她们的真理;所有这些禁止有特权者——男人——窥视的秘密。"但是,不用说,阿尔泰米西娅的成就——她的天才——

把她逐出这个女人之家。

阿尔泰米西娅曾有一个丈夫，一个体面的男人，但几年后他就不再在她身边了。她曾有一个女儿，她在受母亲忽略的环境下成长，最终也不再爱母亲了。阿尔泰米西娅选择成为、试图成为"一个放弃所有温柔、所有女性美德的女人"——女人的美德意味着自我牺牲——"以便完全献身于绘画"。《阿尔泰米西娅》是对作为一个女人的状况和藐视一个人的性别规范的状况的悲剧性反省——与《奥兰多》那喜剧性的、必胜主义的、温柔的寓言正好相反。作为对紧跟着成为独立者、艺术家和女人而来的典范性的磨难的描写，班蒂的小说在其绝望、其顽强方面亦堪称典范：阿尔泰米西娅的选择之价值是无可置疑的。

把这部小说仅作为女性主义小说——而《阿尔泰米西娅》肯定是这样一部小说——来看，它证实我们都知道的（或以为我们都知道的；或以为其他人知道的）。但它作为文学的力量，也是与我们不知道或不完全明白的事情遭遇的力量。那陌生感，是被"历史小说"这一标签驯化了的那个文学分支的特殊效果。要把过去写得好，无异于写类似幻想小说的东西。是过去的陌生性——以极具穿透力的具体性写成——造就了现实主义的效果。

就像对待《奥兰多》一样，用传统归类——历史小说、传记小说、小说化传记——对待《阿尔泰米西娅》也是不恰当的。它除了提供很多乐趣之外，还对想像性的文学的种种假定作出了倔强的、动人的反省，同时赞美想像力的完整性如何通过绘画来实现自己。小说的大部分力量，源自班蒂懂得欣赏手、眼、心如何画画。

《尖厉的叫声》的自传性主角阿涅塞把她所写的一部关于阿尔泰米西娅·真蒂莱斯基的小说称为"她最爱的书"。她心里是否会把它当作她那个愿望——她曾表示但愿她能够毁掉她出版的所有小说——的例外？她不喜欢被视为"女作家"，并对她认识的那些"个个都宣称至少读过她一本书（总是同一本）"（毫无疑问是《阿尔泰米西娅》）的市侩的女人感到恼火。"对女性主义的指责"使她无地自容，并在回忆她所写的一篇篇小说时承认这种指责也许是"有道理"的。在忠诚地为"历史的假设性解释"服务了这么久之后，她渴望有一个新开始。她希望——但又不希望——她可以写"现代小说"：那种"充塞着已过时的现在"的现代小说。

以过去为背景的小说，常常被假设内容和关注都是老套的。关注过去这个事实本身被视为回避或躲避现在。但《阿尔泰米西娅》绝不含任何倒退的东西，而是复杂地、大胆地探讨根据真实人物虚构的故事——像大多数小说的故事而不只是被称为历史小说的故事——可以写成什么样子。事实上，二十世纪有不止几部最具原创性的小说作品，是在历史小说或自传小说——真实人物的生活的虚构版本——这一伪装下写的。《阿尔泰米西娅》以其哀婉的圆满性和非同一般的感觉的准确性再创造一个过去的世界和刻画一种英雄式的意识的演化过程，这使它与佩内洛普·菲茨杰拉德①讲述诗人诺瓦利斯②的一生的

①　Penelope Fitzgerald（1916—2000），英国作家。
②　Novalis（1772—1801），德国诗人。

杰作《蓝花》并驾齐驱。它的与其主角的不能自拔的联系，它的对话式或审问式的声音，它的双重叙述（既发生在过去又发生在现在），还有第一人称和第三人称叙述的自由混合，使得它与列昂尼德·茨普金讲述陀思妥耶夫基斯的小说《巴登夏日》有着家族式的相似性。这类书——像《哈德里安回忆录》一样，它们都是以艰难的身体的旅行（同时也是一颗受伤的灵魂的旅行）为中心——若称为历史小说，会有被矮化之嫌。如果非要在这里使用这个术语，至少我们也必须在那些发出绝对、全知的声音和重述过去的小说与那些有对话的声音的小说之间作出区分，后者把故事设置在过去是为了检视它与现在的关系，而这是非常现代的写法。

安娜·班蒂并不想在一九四四年八月初的佛罗伦萨之战中失去手稿。没有任何作家会欢迎这种命运。但毫无疑问，《阿尔泰米西娅》之所以伟大——以及在班蒂的著作中之所以独具一格——是因为这种双重命运：一本失去又再创作的书。一本因其遗失、重写、复活而获得无可估量的情感幅度和道德权威的书。也许这是一个关于文学的隐喻。也许也是一个关于阅读、好战的阅读的隐喻——而最有价值的阅读是重读。

不　灭

为维克托·塞尔日辩护

·

> "毕竟，确实有真理这回事。"
>
> ——《图拉耶夫同志的案件》

如何解释二十世纪最迷人的伦理英雄和文学英雄之一的维克托·塞尔日的默默无闻？如何说明《图拉耶夫同志的案件》所受的忽略？它是一部奇妙的小说，自一九四七年塞尔日逝世一年后出版以来，就一再被重新发现又被重新遗忘。

是不是因为没有一个国家可完全认领他？"出生以来就是政治流亡者"——塞尔日（真名：维克托·利沃维奇·基巴利契奇）如此形容自己。他父母是沙皇暴政的反对者，十九世纪八十年代初逃出俄国，塞尔日则是在一八九〇年"碰巧出生在布鲁塞尔，在横跨世界的旅途中"，他在《一个革命者的回忆录》中如是说。该书是一九四二年至一九四三年在墨西哥城完成的，他作为逃离希特勒的欧洲和逃离随时可能向他下毒手的斯大林的暗杀者的赤贫难民，在那里度过生命中最后几年。避难墨西哥之前，塞尔日曾在六个国家生活、写作、密谋和搞宣传：比利时，在他少年时代，以及在一九三六年；法国，多次地；西班牙，一九一七年——他就是在那时采用塞尔日这个笔名；俄罗斯，他一九一九年初第一次见到的祖国，当时他二十八岁，此行是为了加入布尔什维克革命；以及二十年代中期在德国和奥地利，参加第三国际的活动。他在每一个国家的居留都是临时的，充满辛酸和争执，受威胁。在其中一些国家，是以他被赶走、驱逐、不得不离开告终。

是不是因为他不是——大家熟悉的模式——一位间歇性地参加政治党派和斗争，就像西洛内①和加缪②和库斯勒③和奥威尔④那样，而是一位终生的行动分子和煽动家？在比利时，他参加第二国际分支青年社会主义者组织。在法国，他成为无政府主义者（所谓的个人主义无政府主义者），并由于他参与编辑的无政府主义周刊在臭名昭著的"博诺"帮被捕后发表文章对这帮匪徒表示些许同情（塞尔日绝不可能是共谋）和在他自己被捕后拒绝充当告密者而被判五年单独监禁。出狱后，在巴塞罗那，他很快就因西班牙的无政府工联主义者不愿意夺权而对他们大感失望。他一九一七年底返回法国后，又被监禁十五个月，这一回是因为他是（用逮捕令的话说）"不受欢迎人物，失败主义者，布尔什维克同情者"。在俄罗斯，他加入共

---

① Iguazio Silone（1900—1978），意大利小说家，政治领袖。
② Albert Camus（1913—1960），法国小说家。
③ Arthur Koestler（1905—1983），匈牙利裔英国小说家。
④ George Orwell（1903—1950），英国小说家。

产党，参加内战期间的彼得格勒①围城战，并受命检查沙皇秘密警察的档案（还写了一篇关于国家压制的论文），以及成为第三（共产）国际执行委员会行政人员主管和参与第三国际头三次大会，然后，由于对刚巩固起来的苏维埃社会主义共和国联盟的政府管治愈来愈野蛮感到苦恼，遂于一九二二年安排被第二国际派去国外做宣传家和组织者。（这时，第二国际有为数不少的自由职业的、外国的成员，而第二国际本身实际上是俄罗斯共产党的外国部或世界革命部。）在柏林革命失败后，以及接下去在维也纳待了一段时间之后，塞尔日于一九二六年重返此时由斯大林掌权的苏联，并正式加入他自一九二三年就成为其盟友的托洛茨基联盟"左翼反对派"：他于一九二七年底被开除出党，不久被捕。总共加起来，塞尔日因参加一系列革命活动而忍受了超过十年的牢狱之苦。对于那些全职从事另一个更艰难的专业的作家来说，日子总是不好过的。

是不是因为——在参加所有这些分散注意力的活动的情况下——他写得太多？高产已不再像以前那样被看好，而塞尔日是异乎寻常地多产的。他已发表和出版的著作——几乎全都已绝版——包括七部长篇小说、两部诗集、一部短篇小说集、一部晚年日记、各种回忆录、约三十本政治和历史著作及小册子、三部政治传记和数以百计的文章和随笔。还有：一本讲述第一次世界大战前法国无政府主义运动的回忆录、一部关于俄国的小说、一本薄诗集、一部详细记述革命第二年情况的历史

---

① 圣彼得堡在一九一四年至一九二四年期间的旧称。

纪事，这些著作都在塞尔日一九三六年终于获准离开苏联时，因向文学审查机构文学及出版事务管理总局（格拉夫利特）申请允许他把手稿——这些手稿再未寻回——和大量已稳妥地整理好但仍未发表或出版的材料带出境而被充公。应该说，他的多产很可能对他构成不利。

是不是因为他的大部分著作不属于文学？塞尔日三十九岁时开始写小说——他的第一部小说，叫做《坐牢的男人们》。这时他已用了超过二十年时间撰写丰富的专业历史评价和政治分析的著作，以及为报章撰写大量卓绝的政治和文化方面的文章。如果人们还记得他，一般也是把他当作一位果敢的持不同政见的共产主义者，一位有眼光的、勤勤恳恳的斯大林的反革命的反对者。（塞尔日是第一个把苏联称为"极权"国家的人，那是一九三三年二月份他在列宁格勒被捕前夕致巴黎友人的一封信中提及的。）二十世纪的小说家没有人像他那样拥有反叛、与划时代的领袖们紧密接触、与奠基性的政治知识分子对话的第一手经验。他认识列宁——塞尔日的妻子柳博夫·鲁萨科娃曾是列宁在一九二一年的速记员；塞尔日曾把《国家与革命》译成法语，并在列宁一九二四年一月份逝世之后不久写了一部列宁传。他与托洛茨基关系密切，尽管他们在托洛茨基于一九二九年被流放之后未再见过面；塞尔日后来翻译了《被背叛的革命》和托洛茨基晚年的其他著作，并在托洛茨基比他更早在那里做政治难民的墨西哥，与托洛茨基的遗孀合写了一部托洛茨基传。安东尼奥·葛兰西和格奥尔格·卢卡契也都是塞尔日的对话者，在他们一九二四年和一九二五年全都生活在维也纳的时候，他曾与他们讨论过那场革命几乎立即就在列宁领导下变成暴政的问题。《图拉耶夫同志的案件》的史诗式主题，是这个斯大林主义国家在三十年代杀害数百万共产党忠实信徒和大部分持不同政见者，塞尔日在书中讲述一种他本人最不可能逃过却侥幸逃过的命运。塞尔日那些小说，主要都是被誉为见证；激辩；充满灵感的新闻主义；小说化的历史。一个其主要著作不是文学作品的作家的文学成就，是很容易被低估的。

是不是因为没有任何民族文学可以完全认领他？在职业上他是世界主义者，他能流利地操五种语言：法语、俄语、德语、西班牙语和英语。（他的一部分童年是在英国度过的。）在小说方面，他应被视为一位俄罗斯作家，因为他心中牢记着文学中的俄罗斯声音的非凡的延续性——其祖宗是陀思妥耶夫斯基，《死屋手记》和《群魔》的作者陀思妥耶夫斯基，还有契诃夫，他们在当代的影响见之于二十世纪二十年代的伟大作家，尤其是鲍里斯·皮利尼亚克①，《荒年》的作者皮利尼亚克，还有叶甫盖尼·扎米亚京②和伊萨克·巴别尔③——但法语仍然是他的文学语言。塞尔日作为翻译家的丰富翻译著作，是从俄语译成法语：列宁、托洛茨基、第二国际创办人格里戈里·季诺维也夫④、布尔什维克之前的革命家薇拉·菲格涅尔⑤（她的

---

① Boris Pilynak（1894—1937），苏俄作家。
② Yevgeny Zamyatin（1884—1937），苏俄小说家。
③ Isaac Babel（1894—1941），苏俄小说家。
④ Grigori Zinoviev（1883—1936），布尔什维克革命家，苏共政治人物。
⑤ Vera Figner（1852—1942），俄国民粹派领导人。

回忆录讲述她在沙皇监狱里的二十年单独监禁生涯）；翻译的小说家和诗人则包括安德烈·别雷[1]、费奥多尔·格拉特科夫[2]和弗拉基米尔·马雅可夫斯基[3]。他自己的著作，则全是用法语写的。一个用法语写作的俄罗斯作家——这意味着塞尔日依然在法国现代文学和俄罗斯现代文学中缺席，甚至连注脚都谈不上。

是不是因为无论他作为文学作家有什么地位，都总是政治化的，即是说，被视为一种道德成就？他的文学声音是一种正义的激进政治的文学声音，一个不断收窄的棱镜，透过它可观看到一批作品，它们要求我们给予别样的、非说教的注意。在二十世纪二十年代末和三十年代，他曾是发表和出版大量著作的作家，至少在法国是如此，有一批热情的尽管是少数的拥戴者——当然是政治上的拥戴者，主要是托派拥戴者。但是在晚年，在塞尔日被托洛茨基开除出党之后，这批拥戴者便抛弃他，听任亲苏联的人民阵线报章对他进行意料中的诽谤。塞尔日在一九四一年也即托洛茨基被杀害之后一年抵达墨西哥，他抵达墨西哥之后所赞同的社会主义立场，在他剩余的支持者看来似乎与社会民主党人的立场没有什么差别。他比任何时候都要孤立，遭到战后西欧左派和右派的抵制，但是，这位前布尔什维克、前托洛茨基主义者、反共产主义者继续写作——主要是写给抽屉看。他倒是出版过一本小书《希特勒对斯大林》，

---

① Andrei Biely（1880—1934），俄罗斯诗人。
② Fyodor Gladkov（1883—1958），苏俄小说家。
③ Vladimir Mayakovsky（1893—1930），苏联诗人。

与一名流亡的西班牙同志合办一份政治杂志（《世界》），定期为海外几家杂志写稿，但是——尽管有一些像纽约的德怀特·麦克唐纳①和伦敦的奥威尔这样有影响力的仰慕者努力为他找出版商——塞尔日最后三部长篇小说、最后的短篇小说和诗，以及回忆录，直到他死后——大部分在他死后数十年——都一直没有以任何语言出版。

是不是因为他生命中有太多双重性？他自始至终是一个使他成为右派憎恶对象的好战者、世界改进者（即使——如同他在一九四四年二月的日记中指出的——"问题已不再具有它们以前那种美丽的简朴性：靠诸如社会主义或资本主义这种对立维生还是很方便的"）。但他是一个见多识广的反共产主义者，这些见识足以使他担忧美国和英国政府都还未了解斯大林在一九四五年之后的目标是接管整个欧洲（不惜发动第三次世界大战），而在西欧知识分子中亲苏或反反共产主义者的偏见如此普遍的时代，塞尔日的担忧使得他变成他们眼中的叛徒、反革命分子、战争贩子。"都是十足的敌人，"古老的箴言如此宣称：塞尔日有太多敌人。作为一个前——现在是反——共产主义者，他从未彻底反悔。他痛惜但不后悔。他没有因为俄国革命造成的极权后果而放弃激进社会改革这一理念。对塞尔日而言——在这方面他同意托洛茨基——革命已被背叛。从一开始他就不认为这是一个悲剧性的幻觉，是俄国人民的一场灾难。（但是假如塞尔日再多活十年或更多，他还会这样认为

---

① Dwight Macdonald（1906—1982），美国作家和政治激进分子。

吗？很可能。）最后，他是一位终生实践的知识分子，这似乎压低了他作为小说家的成就；他又是一位充满激情的政治行动分子，而这也不会加强他作为小说家的可信性。

是不是因为他直到最后都继续自认是一个革命者——一项如今在这繁荣的世界已声誉扫地的志业？是不是因为他似乎最不合情理地坚持——还敢——怀着希望？他一九四三年在《一个革命者的回忆录》中写道："我们留下的，是一场胜利却走错方向的革命，几次尝试但流产的革命，以及数量多得令人头晕目眩的大屠杀。"然而塞尔日宣称"这些是我们仅有的可能道路"。并坚持认为："我比以前任何时候都对人类和对未来更有信心。"确实，这不可能是真的。

是不是因为尽管处境艰难且屡遭挫败，他的文学作品却仍然拒绝运载忧伤的货物？他的不屈不挠不像某种更惨痛的下场那样吸引我们。在他的小说中，塞尔日描写他曾生活过的一个个世界，而不是描写他自己。那是一种不同寻常的声音，它禁止自己产生绝望或懊悔或迷惑这类必备的语调——大多数人所理解的文学语调——尽管塞尔日自身的处境愈来愈黯淡。到一九四七年，他已在绝望地试图离开墨西哥，重返法国，因为根据他的签证的条款，他在墨西哥不得从事任何政治活动，而有鉴于他在二十年代曾是共产党员，申请美国签证是绝不可能的。与此同时，由于他不论在哪里，都无法不怀着兴趣、不受激发，所以他被他多次到墨西哥各地旅行时耳闻目睹的土著文化和风景迷住了，遂开始写一本有关墨西哥的书。结果是悲惨的。衣衫褴褛，营养不良，愈来愈受心绞痛的折磨——尤其是墨西哥城的高海拔使情况更严重——有一天深夜他外出时心脏病猝发，叫了一辆出租车，死在后座。司机把他载到一个警察局；两天后他家人才知道他出事，并领回尸体。

简言之，他一生中从没有什么得意的事，无论是作为永恒的穷学生还是作为逃亡的激进分子——除非你把他身怀巨大才能和他作为一位勤奋的作家当成得意，把恪守原则和敏锐因而与忠实信徒、易上当的胆怯者和一厢情愿者合不来当成得意，把纯洁和勇敢因而走上一条与谎言家和马屁精和野心家不同的寂寞小路当成得意，把在二十世纪二十年代初期之后立场正确当成得意。

由于他正确，所以他作为一位小说作家便遭到惩罚。历史的真实性排挤小说的真实性——仿佛你非得在两者之间作出选择似的……

·

是不是因为他的一生在历史事件中如此大起大落，使得他的作品黯然失色？实际上，塞尔日的一些热情支持者曾断言，塞尔日最伟大的文学作品是他自己动荡不安、充满危险、道德上忠直的一生。人们曾以类似的措辞描述奥斯卡·王尔德，后者本人曾无法抗拒这句受虐狂式的俏皮话："我把全部的天才注入我的一生；我只把才能注入我的作品。"王尔德错了，同样错的是上述对塞尔日的误导的恭维。就像发生在大多数重要作家身上的一样，塞尔日的著作要比那个写它们的人更好、更有智慧和更重要。不作如此想，就是对塞尔日不逊，也是对"一个人该怎样生活"、"我怎样才能使自己的生活变得有意义"、"怎样才能使被压迫者的生活变得更好"这些问题不逊。而塞尔日都是以他的清醒、他的正直、他的英勇、他的失败来回答这些问题的。尽管文学，尤其是十九世纪俄罗斯文学，是这些问题的归宿，但如果把一个探究这些问题的人的生活看作是一种文学生活，那将会是一种犬儒态度——或干脆就是市侩态度。因为这会贬低道德和文学。还有历史。

今天，塞尔日的英语读者必须回想那样一个年代，也即大多数人都接受这样一个看法，认为他们的生活将是由历史决定而不是由心理学决定的，是由公共危机而不是私人危机决定的。是历史，是继亚历山大二世在一八八一年遭民粹派"人民意志"党的恐怖组织暗杀之后出现的压制和国家恐怖浪潮这一特定的历史时刻，把塞尔日的父母逐出沙皇统治下的俄罗斯。塞尔日的科学家父亲列昂·基巴利契奇在当时是禁卫军的一名军官，他属于一个同情民粹主义要求的军人组织，在该组织被发现时差点被枪杀。他在其第一个避难地日内瓦结识一名来自圣彼得堡的激进学生并与她结婚，她出身于波兰绅士阶层。两人在那十年的其余时间内——用他们的第二代政治流亡儿子的话说——"往返于伦敦（大英博物馆）、巴黎、瑞士和比利时……为每日的面包和出入好图书馆而奔波。"

革命是社会主义流亡文学的核心，而塞尔日就出生在这种环境中：典型的希望，典型的紧张。"大人的谈话主要涉及审讯、死刑、逃跑和西伯利亚公路，不停地争论伟大的理念和争论有关这些理念的最新书籍。"革命是现代悲剧，"在我们寒酸而临时的住所墙上，总是挂着被绞死的男人们的肖像"。（其中想必有一幅尼古拉·基巴利契奇的肖像，他是塞尔日的父母的远亲，是被判暗杀亚历山大二世罪名成立的五名共谋之一。）

革命意味着危险，死亡的威胁，坐牢的可能。革命意味着艰苦，贫困，饥饿。"我想，如果有人在我十二岁的时候问我：'生命是什么？'（我经常这样问自己）我会回答：我不知道，但我知道生命意味着'你应该思考，你应该斗争，你应该挨饿'。"

确实如此。读塞尔日的回忆录就是被带回一个离今天非常远的时代，尤其是它那内省的能量、热情的求知、自我牺牲的准则和巨大的希望：在那样的年代，有教养的父母的十二岁孩子们一般可能会问自己："生命是什么？"塞尔日的思想特征在那个时代并不算早熟。那是数代如饥似渴博览群书的理想主义者的家常文化，这些理想主义者很多来自斯拉夫国家——可以说是吃俄罗斯文学的奶长大的。他们是科学和人类改良论的坚定信仰者，为二十世纪头三十多年的众多激进运动提供兵员；被利用、幻灭、被出卖，以及，如果他们碰巧生活在苏联的话，被处死。塞尔日在回忆录中报告说，他的朋友皮利尼亚克在一九三三年告诉他："我国没有一个会思考的成年人没有想过他可能被枪毙。"

从二十世纪二十年代末起，现实与宣传之间的差距急速扩大。正是当时的舆论气氛导致罗马尼亚出生的勇敢的作家帕纳伊特·伊斯特拉蒂（1884—1935）在其影响力极大的法国文学赞助人罗曼·罗兰①的建议下考虑撤回他关于一九二七年至一九二八年在苏联逗留十六个月的忠实报告《朝向另一片火焰》，当他最后把它出版时，它遭到他在文学界的所有前朋友和支持者的唾弃；也是当时的舆论气氛导致安德烈·马尔罗②行使其作为伽利玛出版社编辑的职权，以不利于西班牙共和国的事业为理由，拒绝接受俄罗斯出生的鲍里斯·苏弗兰③（真名鲍里斯·利夫席茨）所著的有敌意的斯大林传。（伊斯特拉蒂和苏弗兰都是塞尔日的亲密朋友，三人形成可称为外国出生的法语作家三人组，三人从二十世纪二十年代末起扮演了左派阵营对苏联发生的事情进行谴责——因此，是过早地谴责——这一吃力不讨好的角色。）对生活在遭受大萧条之苦的资本主义世界的很多人来说，不同意这个辽阔落后的国家为生存和为创造——根据其申明的目标——一个建立在经济和社会公平上的新社会而作的斗争，似乎是不可能的。安德烈·纪德④在一九三二年四月的日记中写到他愿意为苏联而死时，也只是有点夸饰而已：

　　在当前世界的可憎的苦困中，新俄罗斯的计划在我看来似乎是救世。没有什么不使我信服这点！它的敌人们的可悲的理据，则不仅远远未能使我信服，反而使我热血沸

---

① Roman Rolland（1866—1944），法国小说家。
② Andrei Malraux（1901—1976），法国小说家。
③ Boris Souvarine（1895—1984），俄裔法国社会主义和共产主义行动分子、作家。
④ Andrei Gide（1869—1951），法国作家。

腾。如果需要用我的生命来确保苏联的成功，我会立即献出来……就像很多其他人已做的和将做的那样，而不必使我自己有别于他们。

至于苏联一九三二年实际上正发生什么事——塞尔日在一九四六年写于墨西哥的短篇小说《列宁格勒的医院》——它预示着索尔仁尼琴的小说——是这样开始的：

> 一九三二年我生活在列宁格勒……那是些黑暗的时期，城市匮乏、农村饥馑的时期，恐怖、秘密杀人、迫害工业经理、工程师、农民、信教者和政权反对者的时期。我属于最后一个类别，这意味着在夜里，甚至在熟睡中，我都从未停止过聆听楼梯的响声，聆听预示着我被捕的踏上楼梯的脚步声。

一九三二年十月，塞尔日致函党中央委员会，恳求获准移民，但遭拒绝。一九三三年三月，塞尔日再次被捕，在卢比扬卡监狱待过一阵之后，被放逐到奥伦堡，那是俄罗斯与哈萨克之间一座荒凉的边疆城镇。塞尔日的苦境立即在巴黎引起抗议。在一九三五年六月巴黎举行的国际作家保卫文化大会上，一批代表提出"塞尔日的问题"。这次大会由纪德和马尔罗主持，群星云集，它是第三国际策划的旨在动员独立的、思想进步的作家为苏联辩护的努力的高潮——而这正是斯大林陷害和处死所有尚在的老布尔什维克的计划开始实施之际。翌年，淮备带着一批随员对苏联进行一次凯旋之旅的纪德——这次访苏的宣传作用是极受重视的——前往会晤苏联驻巴黎大使，要求释放塞尔日。再度对俄罗斯进行受隆重接待的访问的罗兰，则向斯大林本人提起这件事。

一九三六年四月塞尔日和他十多岁的儿子从奥伦堡被送往莫斯科，剥夺苏联公民资格，与精神脆弱的妻子和襁褓中的女儿团圆，然后被送上一列开往华沙的火车——这是"大清洗"时期一位作家因国外声援运动而获自由（也即被逐出苏俄）的唯一例子。无疑，这位比利时出生的俄国人被视为外国人这一事实对他的获释有莫大帮助。

塞尔日于四月底抵达布鲁塞尔之后，在法语杂志《思想》发表致纪德的"公开信"，感谢纪德最近为了索回塞尔日被没收的手稿而与苏联当局交涉，并提到苏联一些纪德在访苏期间可能未听闻过的现实，例如逮捕和杀害很多作家和全面压制知识分子的自由。（在一九三四年初，塞尔日就寻求与纪德接触，从奥伦堡给纪德寄去一封信，谈论他们对文学自由的共同看法。）在纪德回法国之后，两人得以于一九三六年十一月在巴黎和一九三七年一月在布鲁塞尔多次秘密会面。塞尔日在日记中对这些会面的记述，提供了尖锐的对照：纪德是高高在上的权威，是承接"伟大作家"衣钵的大师，而塞尔日是败局已定的事业的骑士，居无定所、贫困、永远处于险境。（当然，纪德对塞尔日有提防——提防受影响，提防被误导。）

那个时期与塞尔日相似的法国作家——例如他那赤裸裸的

正直、他那孜孜不倦的勤奋、他那已成原则的对舒适、财产和安全的弃绝——是他的更年轻的同代人和政治激进分子同道西蒙娜·薇依①。他们极有可能于一九三六年也即塞尔日获自由之后不久或一九三七年在巴黎见过面。自一九三四年六月，在塞尔日被捕后，薇依就一直是致力于保持"塞尔日的问题"不被遗忘和直接向苏联当局提出抗议的人士之一。他们有一位共同的亲密朋友苏弗兰；他们都定期为工团主义运动杂志《无产阶级革命》写稿。薇依是托洛茨基熟悉的人——二十五岁的薇依曾在托洛茨基一九三四年十二月访问巴黎时与他有过一个晚上的面对面辩论，当时薇依让托洛茨基借用一套属于她父母的公寓来举行一次秘密政治会议——并曾出现在一九三六年七月一封致塞尔日的信中，该封信是给塞尔日的回信，后者提议她合办一份塞尔日希望创办的杂志。在一九三六年夏末薇依充当一支为西班牙共和国而战的国际民兵的两个月志愿兵期间，她的主要政治联络人是持不同政见的共产主义者朱利安·戈尔金②，而戈尔金是塞尔日的另一位亲密朋友，她是在甫抵巴塞罗那时认识他的。

托洛茨基主义的同志们曾是最积极为塞尔日争取自由的人，而塞尔日在布鲁塞尔也坚决拥护第四国际——托洛茨基支持者的联盟对自己的称呼——尽管他知道该组织并没有提出另一个比引致斯大林主义独裁的列宁主义教条和实践更切合实际

---

① Simone Weil（1909—1943），法国哲学家、基督教神秘主义者和社会活动家。
② Julian Gorkin（1901—1987），西班牙社会主义者。

的选择。（对托洛茨基来说，斯大林主义独裁的罪行是杀错了人。）他一九三七年离开巴黎之后，便与托洛茨基公开决裂，后者刚新流亡到墨西哥便谴责塞尔日是隐藏的无政府主义者；出于对托洛茨基的尊敬和挚爱，塞尔日拒绝还击。虽然他受辱骂，被视为变节者、左派的叛徒，但他处之泰然，并发表更多关于从列宁到斯大林的这场革命的命运的逆耳短文和材料汇编，以及另一部小说《世纪的午夜》(1939)，这部小说的背景是五年前，主要是发生在一个类似奥伦堡的偏远城镇，被迫害的左翼反对派成员都被驱逐到这里。这是小说中首次描写古拉格——古拉格是那个辽阔的内部监狱帝国的首字母缩略词，其俄语正式名称翻译成英文，意为劳改营总局。《世纪的午夜》题献给西班牙共和国激进政党中最可敬的政党、持不同政见的共产党——也就是反斯大林主义政党——马克思主义统一工人党；该党领袖安德烈·林是塞尔日珍惜的朋友，于一九三七年被苏联特工处死。

一九四〇年六月，在德国占领巴黎之后，塞尔日逃往法国南方，最终抵达英勇的瓦里安·弗里设立的避难所。弗里以美国一个自称"紧急营救委员会"的民间团体之名，协助约两千名学者、作家、艺术家、音乐家和科学家找到一条逃出希特勒的欧洲的通道。在位于马赛郊区的别墅——该别墅被其住客称为"盼望签证"别墅，住客包括安德烈·布勒东①、马克斯·

---

① Andre Breton (1896—1966)，法国诗人，超现实主义运动发起人之一。

恩斯特①、安德烈·马松②——塞尔日继续写他一九四〇年初在巴黎就开始写的那部更具野心的、关于苏俄国家恐怖统治时期的新小说。当塞尔日的墨西哥签证终于弄到手（布勒东和其他人全都获准去美国），他于一九四一年三月份启程，开始漫长而险象环生的海上之旅。先是因盘问而延迟，继而在该货船停留马提尼克岛时被维希政府官员囚禁，复在多米尼加共和国因没有过境签证而延迟，并在羁留期间专门为墨西哥公众写了一本政治小册子（《希特勒对斯大林》），又再在哈瓦那受阻，再次被囚禁，但继续写他的小说。直到九月份，塞尔日才抵达墨西哥。翌年，他完成《图拉耶夫同志的案件》。

在二十一世纪伊始，该部小说一度具有的争论的气氛都消散了。可在当时，共识却并非如此，而是对纪德那本逆耳的报告《旅苏归来》（1938）作出丑闻式反应：纪德即使在一九五一年逝世后，也依然是曾出卖过西班牙的伟大左翼作家。这种反应，又再次发生在萨特③身上，他臭名昭著地拒绝谈论古拉格，理由是这样做会打击法国工人阶级正当的战斗精神。（"不应使比扬库尔失望。"④）对那数十年间认同左派的作家或仅仅自认是反战派（以及害怕发生第三次世界大战）的人士来说，谴责苏联至少是有问题的。

仿佛是为了证实左派的焦虑似的，那些不觉得谴责苏联会

---

① Max Ernst（1891—1976），德裔法国画家。
② Andre Masson（1896—1987），法国画家。
③ Jean-Paul Sartre（1905—1980），法国作家、哲学家。
④ 比扬库尔是巴黎郊区，那里的工人阶级相信共产主义和苏联，这句话的意思是不应使相信共产主义的工人阶级失望。

有什么问题的人，似乎恰恰是那些对自己是种族主义者或反犹主义者或鄙视穷人不觉得有什么不妥的人；那些反自由主义者，他们从未听过理想主义的警笛，或为任何同情被排斥者和被迫害者的活动而感动过。那位同时也是美国二十世纪最伟大诗人的美国一家大保险公司的副总裁，也许会欢迎塞尔日的证词。是以，华莱士·史蒂文斯①在写于一九四五年的睿智的长诗《恶之美学》第十四章开头说：

> 维克托·塞尔日说："我带着一个人
> 在见到一个有逻辑的疯子时可能会有的
> 那种茫然的不安听他的争论。"
> 他说的是康斯坦丁诺夫。革命
> 是有逻辑的疯子们的事。
> 情绪的政治学表面上必须
> 像一种知识结构。

史蒂文斯诗中出现塞尔日，现在似乎显得怪异，这本身表明塞尔日是怎样被彻底遗忘了。说被"遗忘"，是因为实际上他经常在二十世纪四十年代一些最有影响力的严肃杂志中露面。史蒂文斯如果不是德怀特·麦克唐纳那份持不同政见的激进杂志《政治》的读者，也可能是《党派评论》的读者，前者曾发表塞尔日（还有西蒙娜·薇依）的文章；麦克唐纳和妻子南希曾

---

① Wallace Stevens（1879—1955），美国现代诗人，即刚才提到的美国某大保险公司的副总裁。

是塞尔日绝望地避难马赛期间和后来阻碍重重的旅途期间的生命线，提供经济上和其他方面的援助，而在塞尔日及其家人抵达墨西哥之后，他们仍继续坚持不懈地提供支持。在麦克唐纳的赞助下，塞尔日一九三八年开始为《党派评论》撰稿，并继续从这个最后的、不大可能的居留地寄来文章。一九四二年，他成为纽约反共双周刊《新领袖》的墨西哥通讯员（麦克唐纳强烈反对此举），后来在奥威尔的推荐下开始为《论战》撰稿，以及给西里尔·康诺利①在伦敦的《地平线》写文章。

少数派的杂志，少数派的观点。切斯拉夫·米沃什②那本精湛地描绘在共产主义统治下作家的荣誉、作家的良心遭肢解的著作《被禁锢的心灵》(1953) 的节选首次发表在《党派评论》时，被很多美国文学公众贬低，认为它是该位迄今默默无闻的波兰流亡作家的一部冷战宣传品。类似的怀疑一直持续至二十世纪七十年代：当罗伯特·康奎斯特③那本不容更改、无可辩驳地记载二十世纪三十年代国家屠杀详情的《大清洗》在一九六九年出版时，该书在很多人心目中是可商榷的——其结论也许是无益的，其影响则根本就是反革命的。

在那数十年间，人们对发生在共产党政权里的事情闭上眼睛，尤其是深信批评苏联等于助长和安慰法西斯主义者和战争贩子，这类事情现在看来几乎是难以理解的。在二十一世纪初，我们已转向其他幻想——其他谎言：好心的聪明人和善良

---

① Cyril Connolly (1903—1974)，英国知识分子。
② Czeslaw Milosz (1911—2004)，波兰诗人、作家和翻译家。
③ Robert Conquest (1917—2015)，英国历史学家。

的政客为了不助长他们的敌人和不使他们的敌人日子好过而向自己和支持者说谎。

总有一些人，他们辩称真理有时候是不明智的、起反作用的——一种奢侈。（而这被认为是切合实际的思维，或政治的思维。）另一方面，好心者不愿意放弃灌注着大量理想主义的承担、观点和制度，而这也是可以理解的。确实会出现真理和公正可能不相容的情况。而有时候对正视真理的抗拒可能比承认公正更强。人们似乎太容易不承认真理，尤其是当真理可能意味着与某个为他们的身份提供有价值的部分的社群决裂或被该社群所唾弃的时候。

如果倾听一个我们乐意倾听的人讲述真理，就有可能出现另一种结果。屈斯蒂纳侯爵①在以书信形式写成的、对外国人极有益的日记《一八三九年的俄国》中描述他在一百年前的一次俄国之旅，他竟能够——有先见地——在五个月的旅行期间明白到极度的专制、顺从和不知疲倦的谎言对俄国社会的重要性，这是怎样做到的呢？显然，屈斯蒂纳的年轻情人伊格纳齐·古罗夫斯基②是波兰人这一事实，对屈斯蒂纳十分重要。古罗夫斯基一定非常愿意把沙皇压制的种种恐怖告诉他。为什么很多左派人士在二十世纪三十年代访问苏联，唯独纪德一直没有被共产主义的平等和革命的理想主义这类辞令所迷惑？也许是毋庸置疑的维克托·塞尔日率直而令人不安的报告使纪德事先有了准备，能够觉察到招待他的人们的不诚实

---

① Marquis de Custine (1790—1857)，法国贵族和游记作家。
② Count Ignacy Gurowski (1812—1887)，其他生平不详。

和恐惧。

塞尔日谦逊地表示，说真话只需要一定的清晰思路和独立性。在《一个革命者的回忆录》中，他写道：

> 我自认在很多重要局势中能看得清楚。这点本身并不难达到，然而却有点不寻常。依我之见，一个人要超越其所处环境的压力和超越对事实视而不见的自然倾向，这与其说是一个关乎高度或敏锐的才智的问题，不如说是一个关乎正确判断力、善意和某种勇气的问题。对事实视而不见的自然倾向，是一种诱惑，它源自我们的直接利益和源自各种问题在我们心中引起的恐惧。一位法国随笔家曾说："当你寻找真理，最可怕的是你找到它的时候。"你找到它，你便再也不能听任自己跟从你的个人圈子的偏见，或接受流行的陈腔滥调。

"当你寻找真理，最可怕的是……"这句格言，应作为每位作家的座右铭。

德莱塞①、罗兰、亨利·巴比塞②、路易·阿拉贡、比阿特丽丝和悉尼·韦布③、哈尔多尔·拉克斯内斯、埃贡·埃尔

---

① Theodore Dreiser（1871—1945），美国小说家。
② Henri Barbusse（1873—1935），法国作家和批评家。
③ Beatrice Webb（1858—1943），英国费边社会主义者；Sidney Webb（1859—1947），英国经济学家、社会史学家。

温·基斯①、杜兰德②、莱昂·福伊希特万格③等人的不光彩的迟钝和谎言，现已大部分被遗忘。那些反对他们、为真理而斗争的人也是如此。真理一旦被获得，便不领情。我们无法记住每个人。被记住的不是证词而是……文学。为塞尔日辩护、推定他可能不必像大多数真理的英雄那样被遗忘的基础，最终在于他的小说的卓绝，尤其是《图拉耶夫同志的案件》。但是，做一位只被视作或主要被视作说教作家的文学作家，做一位没有国家、没有一个可使他的小说在其文学正典中找到一个位置的国家的作家——塞尔日的复杂命运的这些因素，继续使这部令人感佩、使人着迷的小说受忽略。

·

对塞尔日来说，小说就是真理——是自我超越的真理，是替喑哑者或声音遭打压者讲话的义务。他鄙视私生活的小说，尤其是自传性的小说。他在《回忆录》中说："我对个体的存在不感兴趣——尤其是我自己的。"在日记的一个条目（一九四四年三月）中，塞尔日解释他心目中的小说真理的广度：

　　也许，最深的根源是这样一种感觉，感到奇妙的生命正在无可阻挡地消逝、飞驰和滑走，以及这样一种愿望，

① Egon Erwin Kisch（1885—1948），捷克作家。
② Walter Duranty（1884—1957），英国记者，曾派驻中国。
③ Leon Feuchtwanger（1884—1958），德国小说家。

希望在它飞逝时逮住它。正是这种绝望的感觉在我约十六岁时驱使我注意宝贵的瞬间，使我发现存在（人类的、"神性"的）即是记忆。后来，随着个性的丰富，便发现个性的局限，即自我的贫乏和桎梏，发现人只有一次生命，一个永远受限制的个体，但这个体包含众多可能的命运，以及……交织着……其他人类的生命、大地、生物、一切。因而，写作变成一种对多个性的追求，变成一种体验各式各样的命运，浸透他人、与他人沟通……逃避自我的一般局限的方式……（无疑，有其他种类的作家、个体，他们只寻求自我维护，看不到世界，除了通过他们本身去看。）

小说的核心是讲故事，是唤起对世界的记忆。这个信条使作为小说作家的塞尔日被两个似乎不能兼容的小说理念所吸引。

一个是历史全景图，在这全景图中一部部小说都作为一个大故事的一个个小插曲而占一席位。这个大故事对塞尔日而言就是欧洲二十世纪上半叶的英雄主义和不公正，它可用一部小说来作为开始，这部小说的背景可放在刚好是一九一四年前法国的各个无政府主义圈子（关于这方面，他确实完成了一部回忆录，但被苏联政治保卫局没收了）。在塞尔日得以完成的小说中，活动时间表贯穿第一和第二次世界大战——即是说，从二十世纪二十年代末写于列宁格勒并于一九三〇年在巴黎出版的《囚徒》，到一九四六年写于墨西哥、直到一九七一年才在巴黎出版的他的最后一部小说《冷酷岁月》（仍未译成英文）。
《图拉耶夫同志的案件》取材自二十世纪三十年代的"大清
洗"，写于这一系列小说的时代背景临结束时。一些人物反复
出现——这乃是小说的经典特点，如同巴尔扎克的一些小说，
被设想为系列——尽管出现的频率不如我们也许会期待的，并
且没有一个人物是"第二自我"也即塞尔日本人的替代者。
《图拉耶夫同志的案件》中的安全高级专员叶尔乔夫、检察官
弗莱希曼、讨厌的干部兹维叶尔耶娃和品格高尚的左翼反对派
成员里日克，全都曾在描写彼得格勒被围困的塞尔日第三部小
说《被征服的城市》（1932）中现过身，可能还在他遗失的小
说、《被征服的城市》的续篇《风暴》中亮过相。（里日克也是
《世纪的午夜》里的一个重要人物，弗莱希曼则是该小说的一
个次要人物。）

关于这个写作规划，我们只了解碎片。但是，如果塞尔日
没有像索尔仁尼琴关于列宁时代的系列小说那样，坚持不懈地
致力于写作一部编年史，那也不是因为塞尔日缺乏时间去完成
他的系列，而是因为另一个关于小说的理念正在影响他，这个
理念在一定程度上颠覆第一个理念。索尔仁尼琴的历史小说全
都是从某个文学观点出发的作品，并且在这方面没有一部比其
他更好。塞尔日的小说则显示在如何叙述和达到什么目的上有
几种不同的观念。《囚徒》（1930）中的"我"是一个媒介，旨
在把声音赋予别人，很多别人；它是一部同情的小说，声援的
小说。塞尔日在致替他的第一部小说写序的伊斯特拉蒂的一封
信中说："我不想写回忆录。"第二部小说《我们的力量的诞

生》（1931）则使用多种声音的混合——第一人称的"我"和"我们"和全知的第三人称。多卷本的编年史，把小说作为系列的做法，并不是塞尔日作为文学作家的发展的最佳工具，但依然是某个设定好的位置，总是处于受骚扰和经济困境中写作的塞尔日可以从这个位置制订新的小说任务。

塞尔日众多文学上的亲和者，还有他的很多朋友，都是二十世纪二十年代伟大的现代主义者，例如皮利尼亚克、扎米亚京、叶赛宁①、马雅可夫斯基、帕斯捷尔纳克、丹尼尔·哈尔姆斯②（他的襟弟③）和奥西普·曼德尔施塔姆④——而不是诸如高尔基⑤（他母亲娘家的亲戚）和阿列克谢·托尔斯泰⑥。但在一九二八年，当塞尔日开始写小说时，那个奇迹般的新文学时代实际上已经结束，被审查官扼杀了，不久这些作家本人大多数相继被逮捕、杀害或自杀。那种巨幅画卷的小说，那种多重声音的叙述作品（另一个例子：十九世纪末菲律宾革命者黎萨尔⑦的《不许犯我》）也许很有可能成为一位有着强烈政治意识的作家——肯定不是苏联想要的政治意识，塞尔日也知道他的小说没机会被翻译出版——会优先选择的形式，但这也是某些影响深远的现代主义文学作品的形式，并催生一些新的小说体裁。塞尔日的第三部小说《被征服的城市》就是用其中一

① Sergei Esenin（1895—1925），俄罗斯诗人。
② Daniil Kharms（1905—1942），苏联超现实主义作家。
③ 妻子的妹夫。
④ Osip Mandelstam（1891—1938），苏俄诗人。
⑤ Maxim Gorky（1868—1936），苏联作家。
⑥ Alexei Tolstoy（1882—1945），苏俄作家，俗称小托尔斯泰。
⑦ Jose Rizal（1861—1896），菲律宾革命志士和作家。

种这样的体裁写的出色作品，一部以城市作为主角的小说（就像《囚徒》以"那部可怕的机器——监狱"作为主角）——它显然受别雷的《彼得堡》的影响和受《曼哈顿中转站》的影响（他曾提到多斯·帕索斯①影响了他），可能还受他非常欣赏的小说《尤利西斯》的影响。

塞尔日在《回忆录》中说："我有一个正在绘制小说新路线图的强烈信念。"塞尔日在一个方面并没有绘制新路线图，就是他的女人观，他的女人观使人想起那些有关革命理想的伟大苏联电影，从爱森斯坦②到阿列克谢·盖尔曼③。在这个完全以男人为中心的挑战的——以及苦难和牺牲的——社会中，女人几乎不存在，至少不是正面地存在，除了作为非常忙碌的男人的爱情对象或受监护对象。因为，诚如塞尔日所言，革命本身是一项英雄式的、男子汉的事业，充满各种阳刚的价值：勇气、胆量、忍耐、决断、独立和有能力残暴。一个有魅力的女人——温暖、有爱心、结实，且常常是受害者——不可能有这些男性特点；因此她只能是一个革命者的地位较低的伴侣。《图拉耶夫同志的案件》中唯一强有力的女人是布尔什维克检察官兹维叶尔耶娃（不久，也轮到她被逮捕和杀害），但她一再被描绘成可怜地老是有性需要（其中一个场面是描写她在自渎）和形貌可憎的女人。小说中的所有男人，不管是不是反面人物，都有率直的肉体需要和毫不动摇的性自信。

---

① John Dos Passos（1896—1970），美国小说家。
② Sergei Eisenstein（1898—1948），苏联电影导演。
③ Alexei Gherman（1938— ），俄罗斯电影导演。

《图拉耶夫同志的案件》讲述一个人口密集的世界中的一系列故事，一系列命运。除了演配角的女人外，至少有八个主要人物：两个象征不满的人物科斯蒂亚和罗马奇金，他们是王老五小职员，也是小说的开篇人物，在莫斯科一个共用公寓的一隅共住一室；以及老保皇派、野心家和真诚的共产主义者，他们是伊凡·康德拉蒂耶夫、阿特叶姆·马克耶夫、斯特凡·施特恩、马克西姆·叶尔乔夫、基里尔·鲁布廖夫、老里日克，他们一个个被逮捕、审问、处死。（只有康德拉蒂耶夫侥幸捡回一命，被送往西伯利亚一个偏远的营地，而这仅仅是"首长"——小说中对斯大林的称呼——心血来潮任意地大发慈悲的结果。）他们的一生都被完整地描写过，每一个都可以写一部小说。马克耶夫在看歌剧时遭精心策划的逮捕（第四章结尾）的一幕，本身就是一个堪与契诃夫媲美的短篇小说。而马克耶夫的故事——他的祖辈、他的往上爬（他是库尔干州长）、在访问莫斯科时突然被捕、囚禁、受审问、招供——只是《图拉耶夫同志的案件》详细讲述的其中一个情节而已。

　　没有审问者是主要人物。小人物则包括塞尔日对那位有影响力的旅行者的典型塑造。在小说较后的一个以巴黎为背景的场面中，年轻的流亡者克塞尼克·波波夫徒劳地请"名闻两个半球的保卫文化大会主席帕塞里厄教授"出面保护塞尔日笔下的老布尔什维克主角中最值得同情的鲁布廖夫时，帕塞里厄教授对波波夫说："对贵国的司法我绝对尊重……如果鲁布廖夫是无辜的，最高法院会给予他公正的判决。"至于与小说标题同名的图拉耶夫，他是一位政府高级官员，他被谋杀后引发其他人遭逮捕和处决。他仅在小说较前面非常短暂地亮过相。他的亮相只是为了被枪杀。

塞尔日的图拉耶夫，或不如说他的谋杀案及其后果，似乎明显地暗指谢尔盖·基洛夫，他是列宁格勒的党组织头头，一九三四年十二月一日遭一名年轻党员列昂·尼古拉耶夫暗杀，此事成为斯大林在接下去几年间进行屠杀的借口，这场清洗导致大批忠诚的党员被消灭和导致数十年间数百万普通公民遭滥杀和囚禁。很难不把《图拉耶夫同志的案件》当作隐去真名的真人真事小说来读，尽管作者在前言中明白警告读者切勿这样做。他写道："这部小说属于文学虚构作品的范围。小说家创造的真实，不可在任何程度上与历史学家或编年史家的真实相混淆。"我们很难想像索尔仁尼琴在其某部列宁小说的前言中提出这样的免责声明。但是，也许我们应认真对待塞尔日这番话——尤其是应注意他把小说背景设在一九三九年。《图拉耶夫同志的案件》是一九三六年、一九三七年和一九三八年莫斯科实际发生的审讯的虚构性的后续，而不是虚构性的合成。

塞尔日并非只是要指出小说家的真实性不同于历史学家的真实性。他是在这里委婉地认为小说的真实性更优越。塞尔日曾在致伊斯特拉蒂的信中对《囚徒》作出更大胆的断言：这部小说尽管"出于方便使用了第一人称单数"，但却"不是写我"，在小说中"我甚至不想太紧贴着我实际见过的事情来写"。塞尔日继续说，小说家遵循的是"比眼见的真实更丰富也更普遍的真实"。那真实"有时候几乎是摄影式地吻合我见过的某些事情，有时候在每一方面都不同于它们"。

断言小说的真实性更优越是文学上一种可敬的老生常谈（最早的说法见于亚里士多德的《诗学》），在很多作家看来有点油腔滑调甚至自私：他们觉得这是小说家为不准确或褊狭或武断而找的借口。但塞尔日的断言，绝没有找借口的意思，这可从他那些小说中得到证明。这些小说都倾注无可争议的真诚和才智，以虚构形式再创造发生过的真实事件。

《图拉耶夫同志的案件》从未享受过库斯勒的小说《中午的黑暗》（1940）的声誉之毫厘，后者是一部表面上题材相同的小说，但对真实性的断言却截然相反，宣称小说与历史现实相一致。《中午的黑暗》前言对读者说："N·S·鲁巴肖夫这个男人的生活，是众多成为所谓的莫斯科审讯的受害者的男人的生活的合成。"（一般认为，鲁巴肖夫的原型主要是尼古拉·布哈林①和一点卡尔·拉狄克②。）但合成恰恰是库斯勒这出既是政治争辩又是心理描写的室内戏的局限。整个时代都是通过一个饱受禁锢和审问之苦的人这个三棱镜来看的，佐以一些忆述段落，一些闪回。小说开始时，前人民委员鲁巴肖夫被推入牢房，牢门在他背后砰地关上；小说结尾时，刽子手带着手铐抵达，把他带到监狱地窖，对他后脑勺开了一枪。（难怪《中午的黑暗》可以被改编成一出百老汇戏。）《中午的黑暗》的故事，是披露季诺维也夫、加米涅夫③、拉狄克、布哈林和布尔

---

① Nikolai Bukharin（1888—1938），苏联《真理报》主编，俄共政治局委员。
② Karl Radek（1885—1939），俄共宣传家，共产国际早期领导人。
③ Lev Borisovish Kamenev（1883—1936），布尔什维克革命家和苏联政治家。

什维克精英阶层的其他主要成员如何——即是说，通过什么争辩而不是通过肉体上的酷刑——竟能被诱发去承认他们被指控的荒谬的叛国罪。

塞尔日这部复调小说有着众多的轨道，以复杂得多的角度剖析人物，剖析纠缠不清的政治和私人生活，剖析斯大林对持不同政见者的审讯的可怕程序。它还撒下更宽的智性之网。（一个例子：鲁布廖夫对革命的一代的分析。）所有被捕者最终都招供，除了一人——里日克，他坚持到底，宁愿继续绝食抗议，然后死去——但只有一人看起来像库斯勒的鲁巴肖夫：叶尔乔夫，他被说服最后一次为党服务，承认他参与暗杀图拉耶夫的阴谋。"每一个人都有他自己的溺毙方式"是其中一章的标题。

《图拉耶夫同志的案件》是一部远远不像《中午的黑暗》和《一九八四》那么符合常规的小说，后两者对极权主义的描写是如此令人难忘——也许是因为它们都只有一个主角，都只讲一个故事。我们不必把库斯勒的鲁巴肖夫或奥威尔的温斯顿·史密斯想像为英雄；两部小说都从头至尾把焦点放在其主角身上这一事实，加强了读者对极权主义独裁政权的典型受害者的认同。如果要勉强说塞尔日的小说有一个英雄，那么他就是一个并非受害者，且只在第一章和最后一章出现过的人物：图拉耶夫的真正暗杀者科斯蒂亚，他自始至终没有受到怀疑。

空气中弥漫着谋杀、杀人。历史就是这样。一支科尔特牌左轮枪从一个鬼鬼祟祟的供应者手中被买走——没有特别的理由，除了它是一件神奇的东西，黑中带蓝的钢制物，藏在衣兜里有一种强大的感觉。有一天，左轮枪的购买者——小人物罗马奇金，一个可怜人，同时也是（在他自己看来）"一个纯洁的男人，一心只想着公正"——正在克里姆林宫围墙附近走着，这时一个穿制服的人出现，"他的制服有徽章，他的表情僵硬，满脸胡碴，难以想像地肉感"，两个穿平民衣服的男人跟在他背后，他们距罗马奇金不足三十步，然后那个穿制服的人在六步外停下来，点燃烟斗，这时罗马奇金突然想到他有一个难得的机会可以枪杀斯大林（"首长"）。但他做不到。他对自己的怯懦感到恶心，把枪送给科斯蒂亚，后者在一个雪夜出门，见到一个肥胖的男人，穿着一件用毛皮做里子的外套，戴着一顶羔皮帽，腋下夹着一个公事包，从一辆刚在一所私宅前停下来的大功率黑色轿车里出来。科斯蒂亚听到司机称他为图拉耶夫同志——科斯蒂亚立即明白这是中央委员会的图拉耶夫，负责"大规模流放"和"大学清洗"的图拉耶夫——并看到他把轿车打发走（事实上，图拉耶夫并不打算进屋，而是继续走路去赴一次性幽会），就这一瞬间，仿佛被催了眠似的，仿佛精神恍惚似的，科斯蒂亚从衣兜里摸出那支手枪。手枪开火，在死寂的夜里如同一声霹雳。图拉耶夫伏倒在行人道上。科斯蒂亚穿过安静的小街窄巷逃走。

塞尔日把谋杀图拉耶夫写成近于非自愿，就像导致加缪的《局外人》（1942）的主角被审讯的无名男子在沙滩上被谋杀事件那样。（当时被困在墨西哥的塞尔日，在完成自己的小说前，似乎不大可能读到加缪这部在被占领的法国秘密出版的小说。）加缪小说中那个冷漠的反英雄是某种受害者，首先是因为他对自己的行动是无意识的。相反，科斯蒂亚充满感觉，他一时冲动的行为既是真诚又是非理性的：他意识到苏联制度的邪恶，这意识始终贯穿他。然而，该制度的肆无忌惮的暴力使他的暴力行为不可能公开表白出来。在小说临尾时，当科斯蒂亚因自己的行为引发更多不公平事件而饱受煎熬并把一份未署名的书面供词寄给负责图拉耶夫案件的首席检察官弗莱希曼时，本人也差点被捕的弗莱希曼把供词信烧掉，把灰烬收集起来，再用大拇指把灰烬捏成粉末，然后"与其说是松了一口气不如说是带着阴暗的嘲弄"低声对自己说："图拉耶夫案件结案了。"真相，包括一份真供词，在由革命变成的这个独裁政权里没有立锥之地。

把暗杀一名暴君当成一项成就，这也许会使人想起塞尔日的无政府主义的过去。当托洛茨基指责塞尔日主要是无政府主义者而不是马克思主义者时，他并非完全错。但塞尔日从未支持过无政府主义暴力：是塞尔日的自由意志论的信念使他很早就成为一名无政府主义者。他作为一名激进分子的生涯，使他具有深刻的死亡经验。这种经验在《被征服的城市》中表达得最强烈，小说中的杀人场面被当成强烈冲动、狂欢、政治需要，但话说回来，在塞尔日所有小说中都弥漫着死亡。

在《我们的力量的诞生》中，一篇称赞硬心肠的革命的悲伤颂词《空袭中的沉思》的声音宣称："我们不是为了成为可敬的人物。"我们革命者"必须精确、目光敏锐、强大、不屈不挠、武装起来：像机器"。（当然，塞尔日献身于可钦佩的事业，不管是在性情上还是在原则上。）塞尔日的主要主题是革命和死亡：要发动革命，就要冷酷无情，就要接受杀害无辜者和罪有应得者这一不可避免性。革命对牺牲的要求是无止境的。牺牲别人，牺牲自己。因为，这种狂妄，这种在革命事业中牺牲如此多生命的做法，实际上确保那些发动革命的人最终也成为同样冷酷无情的暴力的对象。在塞尔日的小说中，革命者在最严格、最古典的意义上是一个悲剧人物——一个将做、有责任去做错事的英雄；而且在这样做时招致报应和惩罚并将忍受报应和惩罚。

但在塞尔日最好的小说中——它们不只是"政治小说"——革命的悲剧是设置在一个更大的框架里的。塞尔日专注于展示历史的非逻辑性和人类动机的非逻辑性，以及展示个体生命的历程，后者永不能用值得或不值得来衡量。因此，《图拉耶夫同志的案件》以两个小人物截然相反的命运结束：一心只想着公正、因缺乏勇气或缺乏那种恍惚状态而没有杀死斯大林的罗马奇金，变成斯大林的恐怖国家的一名有价值的官僚（迄今未被清洗）；而身不由己地抗议的图拉耶夫暗杀者科斯蒂亚则逃入俄罗斯远东从事卑微的农业工作，过着不必动脑筋的生活，有了一个新情人。

小说家的真实性——不同于历史学家的真实性——允许武断、神秘和动机不足。小说的真实性起补充作用：因为此中远远不止是政治，远远不止是人类感情的变化莫测。小说的真实性有体现的作用，如同在塞尔日对人和风景的描写中所体现的浓烈的具体性一样。小说的真实性描写永远无法抚慰人的事物，再以一种具治疗作用的、面向一切无限和普遍的事物的开放性，来取代那无法抚慰人的事物。

　　"我要炸掉月亮，"皮利尼亚克的《不灭的月亮的故事》
(1926) 中的小女孩在小说结尾时这样说。这部小说再创造了
斯大林（这里称"头号"）下达的对一个未来的可能对手实施
清洗的最早命令之一：在一九二五年杀害接替托洛茨基担任
红军首脑的米哈伊尔·伏龙芝①。伏龙芝被迫接受不必要的手
术，并一如计划中的一样，死在手术台上。（皮利尼亚克后来
虽然向二十世纪三十年代斯大林主义的文学指示屈服，但仍难
免一死，在一九三八年被枪毙。）在一个充满着不能承受的残
暴和不公正的世界，似乎整个大自然都应同悲伤共丧痛。实际
上，皮利尼亚克写道，那月亮仿佛对这个挑战作出反应似的，
竟真的消失了。"那月亮，臃肿如商人的妻子，对追逐感到厌
烦，游到云层背后去了。"但那月亮是不灭的。同样不灭的是
小说家或诗人那带着拯救使命的淡漠，那带着拯救使命的大视
野——它不是消除政治理解的真实性，而是告诉我们，还有比
政治，甚至比历史更深远的。勇敢……和淡漠……和感官愉
悦……和活生生的人间……和怜悯，怜悯一切——所有这些，
依然不灭。

---

① Mikhail Frunze（1885—1925），布尔什维克领导人。

稀奇古怪

论哈尔多尔·拉克斯内斯的《在冰川下》

由于没有更合适的名称而被称作"长篇小说"的长篇散文虚构作品，仍未抖掉它在十九世纪给自己规定的正常状态的框框：讲述一个有各式各样的人物的故事，这些人物的选择和命运都是普通的、所谓真实生活的选择和命运。衍生自"长篇小说"这个人工的标准，但讲述其他类型的故事，或看上去根本没有怎么讲故事的叙述作品，则利用比十九世纪的传统更久远的各类传统，这各类传统在今天看来仍然充满创意或似乎是极端文学或怪诞不经。我想到的是那些主要以对话推进的小说；无情地滑稽（因而显得夸张）或说教的小说；其人物大部分时间都在苦思冥想或与一个被迷住的对话者讨论精神问题或知识问题的小说；讲述一个纯真青年开始探求神秘的智慧或遇到使他顿悟的悲惨事件的小说；其人物拥有超自然选择例如变形或复活的小说；描写想像性的地理的小说。把诸如《格利佛游记》① 或《老实人》② 或《项狄传》③ 或《宿命论者雅克和他的主人》④ 或《爱丽丝漫游奇境记》⑤ 或格尔申索恩⑥ 和伊万诺夫⑦的《来自两个角落的通信》或卡夫卡⑧的《城堡》或黑塞⑨的《荒原狼》或弗吉尼亚·伍尔夫的《海浪》或奥拉夫·斯特普尔顿⑩的《怪约翰》或贡布罗维奇⑪的《费尔迪杜尔克》或卡尔维诺⑫的《看不见的城市》或——就此而言——色情叙述之类的作品简单地称作长篇小说似乎很怪异。要说明这些作品占据长篇小说主流传统的边远地区，需要援用特别标签。

科幻小说。

童话、寓言、讽喻。

哲理小说。

梦幻小说。

空想小说。

幻想文学。

智慧文学。

滑稽模仿。

性刺激。

---

① 英国作家斯威夫特的讽刺小说。
② 法国作家伏尔泰的哲理小说。
③ 英国作家斯特恩的小说。
④ 法国作家狄德罗的小说。
⑤ 英国作家卡罗尔的童话小说。
⑥ Mikhail Gershenzon (1869—1925)，俄罗斯艺术评论家。
⑦ Vyacheslav Ivanov (1866—1949)，俄罗斯诗人。
⑧ Franz Kafka (1883—1924)，奥地利小说家。
⑨ Hermann Hesse (1877—1962)，德国小说家、诗人。
⑩ Olaf Stapledon (1866—1950)，英国小说家、哲学家。
⑪ Witold Gombrowicz (1904—1969)，波兰小说家。
⑫ Italo Calvino (1923—1987)，意大利小说家。

按惯例，我们得把二十世纪很多可永久流传的文学成果纳入以上其中一个类别。

就我所知，唯一可纳入上述所有类别的小说，是哈尔多尔·拉克斯内斯这部狂野地原创、阴郁、喧闹的《在冰川下》。

·

首先是科幻小说。

一八六四年，朱尔·凡尔纳出版了《地心游记》。这是一部迷人的叙述作品，讲述一个三人小组的冒险。为首的是一位德国矿物学教授（那种暴躁的疯狂科学家类型），他们深入到冰岛一条冰川斯奈费尔斯山的死火山口里，最后向上爬，从另一个岛——西西里附近海上的斯特龙博利岛——的一座活火山口爬出来。一百余年后，一九六八年，斯奈费尔斯山成为冰岛自己的小说家哈尔多尔·拉克斯内斯的一部小说中的另一次不大可能的虚构任务的指定出口。写这部小说时，作者以一种嘲讽的态度，非常清楚地意识到这个冰岛地点已被那位法国科幻小说之父殖民化了。这一回不是地心游，而仅仅是接近冰川就打开了通往意料不到的宇宙奥秘的入口。

想象例外的情况——常常被理解为奇迹般的、魔术般的或超自然的情况——是讲故事的一项历久不衰的工作。其中一个传统是假设有一个具体的入口处——一个洞穴或一条隧道或一个小孔——引向一个怪异或中了魔法的王国，那里的正常状态不同于我们的世界。在拉克斯内斯的故事中，在斯奈费尔斯山逗留不需要一次下降、一次穿透之类的大胆作为，因为，身为居住在该地区的冰岛人都知道，冰川本身就是宇宙的中心。那超自然地点——中心——就在表面上，在一个装扮成过着日常生活的村子里，村子里那位不称职的本堂牧师已不再主持礼拜或为儿童施洗或为死者举丧。基督教——冰岛的教派是路德派新教会——代表正常的、历史的、本地的。[1]（这个海盗出没的农业岛九九九年于一天内就在世界最古老的国民议会上全体皈依基督教。）但发生在偏远的斯奈费尔斯山的，都是些反常的、宇宙性的、全球性的事情。

科幻小说对传统的时空观念提出两大挑战。一个挑战是，时间也许可以缩略，或变成"不真实"。另一个挑战是，宇宙中有一些特别的地方，在这些地方我们所熟悉的那些规定身份和道德的法律遭违犯。在形式更为严肃的科幻小说中，这是一些善与恶较量的地方。在这类地理例外论的善良版本中，它们是一些智慧积聚的地方。斯奈费尔斯山就是这样一个地方——或被说成是这样一个地方。人们过着平凡而奇特的生活，在了解到他们的居住地是如此独一无二时，似乎淡然处之。"生活在这里的人，都不怀疑冰川是宇宙的中心。"斯奈费尔斯山已成为新事物、令人不安的事物的实验室：一个秘密朝圣的地方。

---

[1] 《在冰川下》的原文直译是《冰川上的基督教》。——原注

·

作为讲故事的一种类型，科幻小说是讽喻式探险文学的现代变体。它通常以一次艰险或神秘的旅程的面目出现，由一名爱冒险但懵懵懂懂的旅行者讲述，这位旅行者克服重重障碍，遭逢另一个现实，那里充满各种令人大开眼界的际遇。他——永远是一个他——代表学徒式的人类，因为女人被认为不能代表普遍的人类而只仅仅代表女人。一个女人只可以代表女人们。只有一个男人①才可以代表全人类——每个人。当然，女主角可以代表儿童——例如在《爱丽丝漫游奇境记》中——但不是成年人。

因此，《地心游记》和《在冰川下》都有一个本性善良、纯真的男青年做主角和叙述者，他的意志屈从于某个老一辈权威人物。凡尔纳的叙述者是著名的利登布鲁克教授的自幼失去父母的侄儿兼助手阿克塞尔，后者无法拒绝叔叔的邀请，陪叔叔和一名冰岛导游踏上这次历险，尽管他很清楚他们将因此而丧命。在拉克斯内斯这部以戏仿的语气开始的小说中，叙述者是一个无名无姓的青年，雷克雅未克的冰岛主教要派他到斯奈费尔斯山冰川下的村子去"对那座世界名山进行一次自凡尔纳时代以来最重要的调查"。他的任务是查明那里的堂区发生了什么事，因为该堂区的本堂牧师约恩·约恩松——人们通常称他

---

① 英语 man 既是指男人，又是"人"或"人类"的统称。

为老大——已有二十年没有领薪水。那里还信奉基督教吗？有谣言说那里的教堂已关闭，没有举行礼拜，说本堂牧师与一个不是他妻子的人同居，说本堂牧师让一具尸体住在冰川里。

主教对年轻人说，他给老大寄去无数的信函。没有回音。他要年轻人到那个村子作一次短期旅行，与本堂牧师面谈，以及评估他玩忽神职的真正状况。

·

以及不止是科幻小说。

《在冰川下》至少还是一部哲理小说和一部梦幻小说。它还是有史以来最有趣的书之一。但这些类型——科幻小说、哲理小说、梦幻小说、滑稽小说——并不像我们想像的那般明显。

例如，科幻小说和哲理小说都需要这样一些主要人物，他们有怀疑精神、桀骜不驯、目瞪口呆、大惊小怪。科幻小说通常以提议一次旅行开始。哲理小说则可能会摒弃旅行——思考是一种长期伏案的职业——但不会摒弃经典式的一对男性：问东问西的主人和无所不知的仆人，一个疑惑不解，另一个觉得自己有答案。

在科幻小说中，主角首先必须与其恐惧搏斗。阿克塞尔对自己被叔叔派去作深入地球内部的愚蠢冒险惴惴不安，岂止是可以理解的。问题不在于他将学到什么，而在于他是否能挺过他要承受的种种亲身经历的巨大震惊并活着回来。在哲理小说中，恐惧的因素——真正的危险——如果有的话，也是极小的。问题不在于生存，而在于可以学习什么，以及是否真正能学习到什么。事实上，学习的种种条件成了深思的对象。

在《在冰川下》中，当那个泛指的"天真青年"接到冰岛主教要他去调查斯奈费尔斯山发生什么事的任务时，他声言他完全没有资格承担这次使命。尤其是——"外表问题"——他害羞地补充说——例如他年轻、缺乏权威，不足以调查一位不听主教的话的玩忽神职的可敬老人。这年轻人——读者被告知，他二十五岁，是一名学生——至少也该是一名神学院学生吧？甚至连这个也不是。他是否希望获授予圣职？也不是。他结婚了吗？没有。（事实上，我们得知，他还是处男。）这应该有问题吧？没问题。对洞悉世事的主教来说，这个"老实人"式的年轻冰岛人缺乏资格，恰恰使他成为最合适人选。如果这年轻人有资格，他可能会禁不住对所见所闻作出自己的判断。

主教解释说，年轻人只需睁大眼睛、聆听、记录；主教知道他做得到，因为他最近曾在一次教会会议上看到年轻人以速记法做笔记，还使用——那叫什么来着？唱机？磁带录音机，年轻人说。然后，主教继续说，全部记下来。你看到和听到的。不作判断。

拉克斯内斯的小说既是对这次旅程的叙述，也是报告。

·

一部哲理小说的写作，通常是挑起一场争论，对小说的创新这一理念本身提出质疑。一个普遍的做法是把该部虚构作品说成是一份记录，是无意中发现或失而复得的，通常是在其作者死后或失踪后找回来的：研究成果或作品的手稿；一部日记；一批书信。

《在冰川下》也具有反小说小说的意味，不同之处在于这份准备好的或准备中的记录不是发现的，而是交上来的。拉克斯内斯巧妙的设计，是使用两个有关"一份报告"的概念：向读者报告，有时候以第一人称，有时候以未加修饰的对话的形式，而这份报告实际上是一份仍未写好和仍未交给主教的报告的材料，由录音谈话和从速记笔记本中摘引的观察资料整理而成。拉克斯内斯这部作品的性质，类似麦比乌斯带①：向读者的报告和向主教的报告不断地互相指涉，互为表里。第一人称声音实际上是混合声音；年轻人——他的姓名永远没有披露——一再以第三人称指称自己。他先是称自己为"署名者"，继而是"主教的使者"，又简略为"主—使"，很快又简化为"主使"。接下去，在整部小说中他保持称自己是署名者或主使。

当主使在春天某日乘坐公共汽车抵达那个偏远的村子时，他发现冰岛主教使者的到来已在人们期待中；那是五月初。从一开始，主使的那些别具一格的消息提供者——都神神秘秘又喋喋不休，很典型的农村人——从一开始便接受他调查他们的

---

① 一条长方形带子作一百八十度扭曲后再把两端黏合起来，便没有了表面与底面之分，表面即是底面。假如不作一百八十度扭曲，而两端黏合，便是一个圆圈：表面是表面，底面是底面，表面不能通往底面，相反亦然。

权利，对他既不怀好奇也不怀敌意。事实上，小说中的一个持续的恶作剧是村民老是称呼他"主教"。当他纠正说他只是使者时，他们回答说，他的角色使他在精神上等同于主教。主教的使者、主教——同一回事。

于是乎，这位热情、自谦的年轻人——他以第三人称指称自己是出于谦虚而不是出于一般的理由——展开一次又一次的谈话，因此这是一部对话、辩论、争论和沉思的小说。他采访的每一个人都以异教徒或其教会已没落的基督教徒的观点对待时间、责任和宇宙能量：冰山下的这个小村子正处于全盛的精神蜕变。除了神秘莫测的本堂牧师约恩外——当主使终于找到他时（他现在靠充当整个地区的百事通谋生），他诡诈的神学观点令年轻人震惊——年轻人所遇到的是一群仿似出席国际大会的精神领袖，最著名的是来自加州奥哈伊的戈德曼·辛格曼博士。主使无意成为这些异端邪说中任何一派的信徒。他希望保持做一个客人、一个观察者、一个听写员：他的任务是做一面镜子。但是，当爱神以本堂牧师的神秘妻子乌娅的面目出场时，他也变成——最初不大情愿地，然后彻底屈服——参与者了。他有需要。他的渴望爆发了。这次旅程结果变成他的旅程、他的体验。（"这份报告不仅已变成我的血液的一部分——我生命的脉搏已经与报告融为一体。"）当他发现那个天启式的爱神只是一个幻影并已消失时，他的旅程也告终。爱欲变形的乌托邦毕竟只是好梦一场。但要退出一次体验是困难的。叙述者必须努力重返现实。

．

梦幻小说。

读者将会看出北欧民间神话学独特的梦幻世界，在这个梦幻世界中一个男性的精神追求因永恒女性的慷慨宽容和难以捉摸而得到增强和维持。乌娅是易卜生①《培尔·金特》②中的索尔薇格和斯特林堡③的《梦幻剧》④中的因德拉的姐妹，是一个难以抗拒的女人，一个变形者：女巫、娼妓、母亲、性经验传授者、智慧的源泉。乌娅说她五十二岁，比主使大一倍——她指出，这年龄差距与圣特雷萨⑤和圣胡安·德拉克鲁斯⑥两人首次邂逅时一样——但事实上她是一个变形者，永生者。以一个女人的形式体现永恒。乌娅做过本堂牧师约恩的妻子（尽管她是罗马天主教徒），做过布宜诺斯艾利斯一家妓院的鸨母，做过修女，还有无数其他身份。她似乎能讲所有主要语言。她不停地编织：她解释说，是为秘鲁渔民织手套。也许，最奇特的是，她死去过，化成一条鱼，直到数天前都一直保存在冰川上，现在刚被本堂牧师约恩复活过来，并且就要成为主使的情人。

① Henrik Ibsen (1828—1906)，挪威戏剧家。
② 又译《彼尔·英特》。
③ August Strindberg (1849—1912)，瑞典戏剧家。
④ 又译《一出梦的戏》。
⑤ Santa Teresa (1515—1582)，西班牙天主教修女，神秘主义者。
⑥ San Juan de la Cruz (1542—1591)，即十字架的圣约翰 (Saint John of the Cross)，西班牙基督教奥秘神学家和诗人。

这是悠久的神话学，北欧式的，而不只是对神话的一次滑稽模仿。诚如斯特林堡在其被遗忘的杰作《梦幻剧》前言中所言："时间和空间并不存在。"在梦幻小说、梦幻剧中时间和空间是可变的。时间永远可以取消，空间则是多层次的。

斯特林堡的无时间性和无空间性并非反讽，拉克斯内斯却是，后者在《在冰川下》掺杂了一些不纯的细节——一些历史沙子，提醒读者这不只是北欧神话学常见的时间，而且是自恋式末世热望的里程碑年份：一九六八年。本书的作者十七岁出版第一部小说，在其漫长且绝非外省人的生涯中共写了约六十部小说，而完成这部小说时他已经六十六岁了（他活到九十五岁）。他出生于冰岛农村，二十世纪二十年代末曾迁居美国，主要住在好莱坞；三十年代在苏联待过。他已得过斯大林和平奖（1952）和诺贝尔文学奖（1955）。他以描写冰岛穷苦农民的史诗式小说闻名。他是一位有良知的作家。他曾是苏联的愚忠者（历时数十载），然后对道教发生兴趣。他读过萨特的《圣热内》，并公开谴责美国在冰岛的基地和美国在越南的战争。但《在冰川下》没有反映上述的任何实际问题。它是一部极尽嘲讽、自由和机智的小说。它与拉克斯内斯写的任何东西都不一样。

·

滑稽小说。

滑稽小说同样依赖一个天真的叙述者：一个理解力迟钝

的人，一个充满不适当又不倦的兴高采烈或乐观主义的人。本堂牧师约恩、乌娅、村民：大家都对主使说，他不了解。"你是不是有点儿笨，我的小宝宝？"乌娅温柔地问。常常搞砸，但永不灰心；勇于认错，但坚持不懈——这是一种基本的喜剧情景。（率真的喜剧在主角是年轻人时效果发挥得最好，例如在司汤达的自传《亨利·勃吕拉传》中。）一个热情、天真的主人公，遭遇各种离奇古怪的事情，但他在大多数情况下都能轻易化解。《在冰川下》的无名叙述者有时以"我"有时以第三人称讲话，常常制造一种非个性化的怪异气氛，也引人发噱。全书的感染力贯穿着不同声音的混合所制造的嬉闹效果；它表达了滑稽主人公脆弱的假信心。

滑稽的要旨，是遇到令人目瞪口呆或荒诞不经的事情时不吃惊。主教的训示——训示其年轻使者不要对他遭遇的各种事情作出充分的反应——就已设置了基本的滑稽场面。主使总是对其离奇古怪的处境作出不够充分的反应：例如在他逗留期间本堂牧师的管家每天提供给他的食物——只让他吃蛋糕。

不妨想想布斯特·基顿①和哈里·兰登②的电影；想想格特鲁德·斯泰因的作品。喜剧处境的基本元素：冷面孔；重复；无动于衷；理解力不足（不管怎样，表面上如此），不知道自己在干什么（使读者对正被表现的心态怀着一种优越感）；幼稚地庄重的行为；莫名其妙的兴高采烈——这一切都给人一种稚气的印象。

---

① Buster Keaton（1895—1966），美国默片导演和演员。
② Harry Langdon（1884—1944），美国喜剧演员。

滑稽也很残忍。这是一部关于羞辱的小说——对主人公的
羞辱。他忍受沮丧、睡眠匮乏、食物匮乏。(不,教堂现在还
未开。不,你现在不能吃。不,我不知道本堂牧师在哪里。)
这是与某种不现身的神秘权威的邂逅。本堂牧师约恩似乎已放
弃其权威,因为他已不再履行其牧师职责,而是选择做一名技
工,但他实际上是寻求获取广大得多的权威——神秘的、宇宙
的、星系的。主使误打误撞闯进一个汇集权威人物的社会,他
们的来路和威力他无法破译。他们当然都是无赖、江湖骗
子——但他们不是;或不管怎样说,他们的受害者,那些易受
骗上当者,是活该(如同在匈牙利小说家克劳斯瑙霍尔考伊①
的《撒旦探戈》中所表现的,《撒旦探戈》是一部要黑暗得多
的小说,描写精神骗子和易上当的农村人)。无论主使碰到什
么,他总是不明白,也没人帮他明白。本堂牧师不在,教堂关
闭。但是与譬如卡夫卡《城堡》中的 K 不同,主使并不痛苦。
虽然受尽羞辱,他似乎不觉得难受。小说有一种怪异的冷静。
它既残忍又欢快。

·

空想小说。

滑稽小说和空想小说也有某个共同点: 不详述。滑稽小
说的一个特点是无意义和空洞,而这是喜剧和灵性——至少是

---

① Krasznahorkai (1954—),匈牙利作家。

吸引拉克斯内斯的东方式（道教式）灵性——的一个巨大资源。

小说开始时，年轻人继续就自己是否有能力完成主教的使命争持了一会儿。我该怎么说？他问道。我该怎样做？

主教回答说："只要尽量少说少做就行了。睁大你的眼睛。谈天气。问他们去年的夏天是怎样的，还有前年。说主教有风湿病。如果任何其他人也有风湿病，问他们哪个部位受影响。不要纠正任何事情。"

主教还有更多的真知灼见：

"不要有个人观点。不带偏见！……尽可能用第三人称写……不得核实！……别忘记人们通常只会讲出一小部分真话：谁也不会说出大部分真话，更遑论全部真话……人们说话时，会暴露自己，不管他们是在撒谎还是在讲真话……记住，任何对你讲的谎话，哪怕是刻意的谎话，也往往是一个比诚实地讲的真话更重要的事实。不要纠正它们，也不要试图解释它们。"

这是什么，如果不是灵性理论和文学理论？

显然，冰川上的灵性活动早已把基督教抛诸脑后。（本堂牧师约恩认为，人们崇拜的所有的神都是同样好的，即是说，都是同样有缺陷的。）显然，存在着超乎自然规律的东西。但是，有任何可供诸神——还有宗教——扮演的角色吗？《在冰川下》用以提出深刻问题的那种放肆的轻佻，与俄罗斯文学和德国文学中所见的沉重大异其趣。这部小说有着无与伦比的魅力，却卖弄滑稽模仿作品的风骚。这是一部讽刺宗教的作品，充满着"新时代"①的妙趣横生的插科打诨。这是一部充满各种理念的书，不同于拉克斯内斯的任何著作。

拉克斯内斯并不相信超自然现象。他显然相信生命的残忍——那个把主使搞得神魂颠倒然后消失得无影无踪的女人乌娅，最后只剩下一阵笑声。所发生的事情看似一场梦，也就是说，这部出门探险的小说以不得不回归现实告终。主使无法逃避这一闷闷不乐的命运。

"您的使者在一阵笑声中挟着他的帆布包灰溜溜离开了，"主使在给主教的报告的结尾如此说。"我有点儿害怕，我拼命跑回原路。我希望返回大路。"

《在冰川下》是一部探讨那些最重要的问题的卓越小说，但由于它是一部小说，因此它也是一次必须终结的旅程，使读者掩卷之余，不能不感到茫然、受到挑衅，以及——如果拉克斯内斯的小说已取得预期效果的话——也许并不像主使那样急于想返回大路。

---

① 指当今抛弃西方现代价值观念，崇尚灵性的新潮生活方式。

. . .

9.11.01

在本人，这个惊骇、悲伤的美国人和纽约人看来，美国似乎从来没有比面对上星期二无比丑恶的大剂量现实时那样更远离承认现实。在所发生的事情和可以怎样理解它，与实际上我们所有公共人物（市长朱利亚尼是例外）和电视评论家（彼得·杰宁斯是例外）正在兜售的自以为是的蠢话和公然的欺骗之间的脱节，是令人震惊、使人沮丧的。各种谈论这次事件的放肆的声音，似乎都加入了一场把公众婴儿化的运动。有谁敢承认这并不是"怯懦地"袭击"文明"或"自由"或"人性"或"自由世界"，而是袭击自我宣称的世界超级大国，且袭击是由于美国的某些结盟和行动的后果而发动的？有多少公民知道伊拉克正遭受的轰炸？而如果要使用"怯懦地"这个词，那么用它来形容那些远在报复范围之外的高空中杀人的人，也许比用它来形容那些决心要以自杀来杀人的人更恰当。在勇气（一种在道德上中立的品德）的问题上：你要怎么说星期二这场屠杀的实施者都可以，但不能说他们是懦夫。

我们的领导人一心要我们相信一切都没事。美国不害怕。

"他们"会被逮到，会受惩罚（不管"他们"是谁）。我们有一位机器人总统，他向我们保证美国依然高高地站着。反对布什政府在国外实施的政策的各式各样的公共人物，显然都觉得可以不拘不束地仅仅宣称他们与全体美国人民一道，团结一致和毫不惧怕地支持布什总统。评论家们告诉我们，已开设了悲伤安慰中心。当然，我们看不到任何关于发生在世贸中心和五角大楼工作人员身上的事情的可怖画面。那会使我们气馁。要等到星期四公职官员（再次，市长朱利亚尼是例外）才敢讲出他们对死亡人数的一些估计。

我们被告知，一切都没事，或一切都将没事，尽管这一天将成为耻辱之日，而美国此刻正处于战争状态。但一切都不是没事。并且，这不是珍珠港。需要思考很多事情，也许正被华盛顿和别的地方思考着，思考美国情报和反情报的巨大失败，思考美国外交政策尤其是中东政策的未来，思考什么才称得上是一个明智的军事防卫方案。但明白不过的是，我们的领导人——那些在政府机关工作的人，那些有志于在政府机关工作的人，那些曾经在政府机关工作的人——在重要媒体的主动共谋下，决定不让公众承受太多现实的重负。苏联党代表大会那些获一致鼓掌、沾沾自喜的庸俗话，在我们眼中似乎都是可鄙的。过去这几天差不多所有美国官员和媒体发出的道貌岸然、掩盖现实的辞令的一致性，似乎与一个成熟的民主国家不相配。

我们的领导人已让我们知道他们认为他们的任务是一个操纵性的任务：建立信心和管理悲伤。政治，一个民主国家的政治——意味着容忍分歧，鼓励坦率——已被心理治疗取代。让我们用一切手段一起悲伤。但让我们不要一起愚蠢。些许的历史意识也许有助我们理解刚刚发生了什么事情，以及还会继续发生什么事情。"我们国家是强大的，"我们一再被告知。我就不觉得这种话真的带来安慰。谁会怀疑美国是强大的？但美国并非只需要强大。

数周后

一、你能否描述一下返回纽约的冲击？你看到袭击的后果时有何感想？

当然，我宁愿九月十一日那天在纽约。由于我当时在柏林——我去那里已有十天——我最初对发生在美国的事情的反应，实际上是通过中介的。我原计划把那个星期二下午的全部时间用来关在柏林郊区我的寂静的房间里写作，但突然有两位朋友分别从纽约和巴里打电话来，告诉我上午中段发生在纽约和华盛顿的事情。我赶紧打开电视，在电视屏幕前度过将近四十八小时，主要是看有线电视新闻网（CNN），然后才回到我的便携式电脑前，匆匆写下一篇文章，谴责我所听到的美国政府和媒体人物散布的愚蠢而误导的蛊众言论。（这篇短文，最初发表在《纽约客》，它在美国遭到激烈批评。这篇短文当然只是最初的、但很不幸也是太准确的印象。）真正的悲伤产生于几个并非完全连贯的阶段，而远离以及因此无机会充分接触死亡的现实，总是如此。我在接下去的一周的某个深夜重返美国，直接从肯尼迪机场，以我驾车所可能允许的程度驶近袭击现场，并徒步绕着曼哈顿南部那个约六公顷的面积徘徊了一小时——那地方现已成为一个热气腾腾的、山丘似的、发出臭味的集体坟墓。

我最初把焦点集中于围绕着事件的各种花巧辞令，但在我回纽约头几天，那毁灭的现实和死亡人数之多，使我最初的焦点显得不那么重要。当时我通过电视了解现实的次数已降至平常的水平——零。在美国，我一向顽固地不要电视机，尽管不用说我在外国是有看电视的。当我回家，我每天接触的新闻，来源主要是《纽约时报》和我在网上阅读的几份欧洲报纸。《时报》日复一日刊登一页页令人悲痛的配有图片的死者生平，他们是在被劫持的飞机上和在世贸中心里罹难的数千名死者中的很多人，包括在办公室职员奔下楼梯时逆人流而上的三百多名消防员。死者不仅包括办公室设在那里的金融业薪酬优厚、野心勃勃的人，而且包括在大楼里做卑微工作的人，例如看门人、文书助理、厨房工人，其中有七十多人——主要是黑人和西班牙语裔——在其中一座大楼顶的"世界之窗"餐厅工作。如此多的故事，如此多的泪水。不哀伤无异于野蛮，就像认为这些死者在某种程度上不同于在斯雷布雷尼察和卢旺达等地的暴行中失去生命的其他死者一样野蛮。

二、 你对布什的辞令有何反应？

没有理由把焦点集中于布什那些牛仔式的简单化辞令，这类辞令在"九一一"头几天摇摆于痴呆与邪恶之间——这之后他的讲稿撰写人和顾问似乎把他控制住了。尽管布什的态度和语言令人反感,但是我们不应让他垄断我们的注意力。在我看来,美国政府中所有主要人物似乎都患了失语症,找不到适当的意象来涵盖这次对美国权力和能力的前所未有的反驳。

人们提出理解"九一一"灾难的两个模式。第一个模式是,这是一场可与日本一九四一年十二月七日轰炸夏威夷珍珠港美国海军基地相提并论的"偷袭",那次轰炸把美国卷入第二次世界大战。第二个模式在美国和西欧都愈来愈有市场,认为这是一场两个互相对抗的文明之间的斗争,一个是富有生产力、自由、宽容和世俗化(或基督教)的,一个是倒退、褊狭和复仇心强的。

不用说,这两种理解"九一一"事件的粗俗、危险的模式我都反对。我反对"我们正处于战争状态"模式和"我们的文明比他们的文明优越"模式的另一个重要原因是,这些观点正是发动这次罪恶袭击的人的观点和伊斯兰教瓦哈比教派原教旨主义运动的观点。如果美国政府坚持要把这次袭击说成是一场战争,以及坚持要满足美国公众对发动一场布什的辞令似乎承诺的(至少在最初如此)大规模轰炸攻势的渴望,那么危险将会增加。如果美国及其盟友作出发动全面"战争"的反应,受创的将不是恐怖主义者,而是更多无辜的平民——这一回是阿富汗、伊拉克和其他地方的平民——而这些死亡只会加强激进伊斯兰原教旨主义散播的对美国的仇恨(以及更普遍的对西方世俗主义的仇恨)。

只有非常小面积地聚焦的暴力，才有机会减少这场运动——奥萨马·本·拉丹只是这场运动的很多领导人之中的一个而已——所构成的威胁。在我看来，情况是极其复杂的。一方面，在"九一一"取得如此标志性的成功的恐怖主义积极分子们所展开的这场运动，显然是一场全球运动。不可把它与一个国家联系起来，尤其是不可把它与饱受蹂躏的阿富汗联系起来，像珍珠港事件可与日本联系起来那样。恐怖主义就像今天的经济、大众文化和流行病（想想艾滋病）一样，是嘲笑国界的。另一方面，确实有些国家在故事中扮演中心角色。沙特阿拉伯为世界各地的哈瓦比运动提供支持（在某一意义上，拉丹是一个沙特王子并非巧合），而在同一时期，沙特王国一直是美国在阿拉伯世界最重要的盟友。除了本·拉丹之外，沙特精英中还有很多年轻成员把沙特王国与美国的合作视为一次重大的"文明上的"出卖。如果美国领导一次针对这场与本·拉丹紧密联系的恐怖主义运动的全面"战争"，便有可能导致沙特"反动"的君主制被推翻，以及导致"激进分子"掌权。

　　而这只是美国决策者面对的诸多窘境之一而已。

　　三、你曾申明，与珍珠港作任何比较都是不恰当的。如你所知，戈尔·维达尔①在其最新著作《黄金时代》中支持这样一个论点，认为是罗斯福挑衅日本袭击珍珠港，以使美国能够与英国和法国并肩作战。美国舆论和国会都反对参战；只有遭

────────────────

　　① Gore Vidal（1925—　），美国作家。

到袭击，美国才会宣战。另一些美国知识分子也响应维达尔的看法，认为美国多年来一直在挑衅伊斯兰世界。因此，质疑美国的政策是不可避免的。你对此有何看法？

　　我已说过，我认为把"九一一"与珍珠港相提并论不只是不恰当的，而且是误导的。它暗示我们要与另一个国家较量。现实却是，那些寻求羞辱美国的力量是亚民族和超民族的。奥萨马·本·拉丹最多只是一个由众多恐怖组织构成的庞大集团的首席执行官罢了。一些知情人士相信，他甚至只是一个有名无实的首脑，其重要性在于他的财力和领袖魅力而不是他的行动才干。这种观点认为，是一个由埃及好战分子形成的核心在为一个进行中的行动方案提供真正的计谋，而且可以预期那些行动会在很多国家里发生。

　　我一直是我的激烈批评者，时间几乎与戈尔·维达尔一样长，尽管我希望我的批评更准确，并理所当然地认为质疑美国外交政策永远是必要和不可避免的。尽管如此，我并不相信罗斯福挑衅日本袭击珍珠港。日本政府真的是全力以赴向美国挑起这场愚蠢战争的。我也不认为美国多年来一直在挑衅伊斯兰世界。美国在很多国家的行为是残暴、专横的，但美国并不是在从事一次全面行动，针对某个可以被称作"伊斯兰世界"的东西。而且，尽管我对美国外交政策——还有美国专横的假设和傲慢——痛心疾首，但首先要牢记的是，发生在九月十一日的事情，是一次骇人的犯罪。

　　数十年来，我站在谴责美国罪行的人士的前列，一直以来，我尤其对例如给贫困、受压迫的伊拉克人民造成如此大的痛苦的制裁感到气愤。但是，我在一些像维达尔这样的美国知识分子和欧洲很多正统知识分子中间觉察到的观点——认为美国自己带来这场恐怖，认为美国本身应部分地对自己土地上这数千人的死亡负责——是我难以苟同，我重复，是我难以苟同的观点。

通过归咎美国，而在任何程度上原谅或宽恕这次暴行——尽管美国在海外的行为是需要严厉谴责的——在道德上是下流的。恐怖主义是谋杀无辜的人民。这一回则是一次大规模谋杀。

此外，我认为把恐怖主义——这次恐怖主义——视为通过非法手段追求合法要求这种看法是错误的。让我非常具体地说吧。要是明天以色列单方面从西岸和加沙撤走，接着巴勒斯坦在翌日宣布立国，并得到获以色列援助和合作这一充分的保证，我相信这些大家喜闻乐见的事件加起来也不会给当前进行中的恐怖主义计划带来哪怕是一点缓和。恐怖分子披着合法的委屈的外衣，诚如萨尔曼·拉什迪①指出的。纠正这些错误不是他们的目的——而只是他们无耻的借口。

那些发动九月十一日这场屠杀的人试图达到的，不是纠正对巴勒斯坦人民犯下的错误，或消除穆斯林世界大部分地区的人民的痛苦。这场袭击是真实的。它是对现代性（唯一使妇女解放成为可能的文化）的袭击，以及，不错，对资本主义的袭

---

① Salman Rushdie (1947—)，印裔英国小说家。

击。而现代世界，我们的世界，已被证明是严重脆弱的。作出武装的反应——以一套复杂和小心地聚焦的反恐行动的形式，而不是以一场战争的形式——是必要的。也是合理的。

四、美国大多数人都提不起劲去投票，你是否觉得美国的舆论可以影响政府现时对如何回应袭击作出的决定？自袭击以来，美国知识界的气候如果有改变的话，是怎样改变的？

美国是一个奇怪的国家。美国公民有一种强烈的无政府主义倾向，却又对合法性有一种近乎迷信的尊敬。他们崇拜不带道德判断的成功，却又喜欢就对与错作出道德判断。他们觉得政府和课税是十分可疑的活动，几乎是非法的活动，但他们对任何危机的最热心反应是挥舞他们的国旗和申明他们对国家无条件的爱及对他们领导人无条件的支持。尤其是，他们相信美国构成人类历史进程中的例外，并将永远豁免形成其他国家的命运的一般局限和灾难。

眼下，美国弥漫一股猛烈的顺从主义情绪。大家都对"九一一"袭击的成功感到震惊。他们吓坏了。而第一个反应是向前靠拢（借用军队的意象），申明他们的爱国主义——仿佛爱国主义受到这场袭击的质疑似的。全国被国旗淹没。国旗挂在公寓和房屋窗口，悬在商店和餐馆正面，飘在吊车、卡车、汽车收音机天线上。嘲笑总统——美国的传统消遣，不管总统是谁——被认为是不爱国的。一些新闻记者被报纸和杂志解雇。学院教师因在教室里发表最温和的批评性看法（例如质疑布什在袭击当天为何神秘失踪）而遭到公开训斥。自我审查——最重要和最成功的审查形式——无孔不入。辩论等同于异见，异见等同于不忠。有一种广泛的感觉，觉得在这崭新的、无止境的紧急情况下，我们可能无法"负担"得起种种传统的自由。民意调查显示布什的"支持率"达到百分之九十以上——这一数字接近于旧时苏联式独裁政权领导人的支持率。

一般大众的意见又怎能"影响"美国政府现时正作出的决定呢？值得注意的是，公众在几乎所有外交政策的问题上都是那么温顺。这种消极性可能是自由资本主义和消费社会的胜利的不可避免的后果。已有颇长的一段时间，民主党人与共和党人之间再无任何显著差别；他们充其量被视为同一政党的两个分支。（英国亦有类似的演变，工党与保守党之间也看不到任何差别。）美国知识界大多数人的非政治化无非是反映了政治生活大气候下的顺从主义和趋同性——"我也是"主义——罢了。

美国是一个瞩目地宽容的社会，又是一个顺从主义社会；这是美国建构的政治文化的悖论。但是，如果近期美国境内再发生另一次恐怖袭击，哪怕是一次导致人命伤亡相对少的袭击，那么对非正统意见和多样性的广泛支持就有可能受到长期损害。军事戒严之类的事情可能会发生，而这意味着宪法对个人权利尤其是言论自由的保护将会崩溃。不过，眼下我依然保持谨慎的乐观。目前像我这样持异见的知识分子——我们，唉，人数很少——面对的一些恶意的喧嚣，也许很快就会消散，因为人们都要操心真正的问题，例如日渐萎缩的经济。

现时，我们已很少听到来自布什政府的任何牛仔式讲话，原因是自"九一一"以来，政府和军方高层一定有过一些非常激烈的辩论。显然，我们的战争大师们已明白到，我们面临的是一个无比复杂的、不能以老方法击败的"敌人"。当局对应当采取什么行动有所犹豫，这与美国公众的舆论没有什么关系，因为舆论早已准备好迅速惩罚敌人。

我们只能希望当局正在制订某些明智的计划，使我们的人口更安全，免受这场针对现代性的圣战的攻击。我们只能希望布什政府、托尼·布莱尔等，已真正明白轰炸阿富汗、伊拉克和其他地方的被压迫的人民，以此报复他们的独裁者和当权的宗教狂热分子的恶行是徒劳的，或如有人指出的，是适得其反的——以及邪恶的。我们只能希望……

一年后

自去年九月十一日以来，布什政府就对美国人民说，美国正处于战争状态。但这场战争具有特殊性质。考虑到敌人的性质，这似乎是一场看不到终结的战争。这是哪一种战争？

是有一些先例的。针对癌症、贫困和毒品这类敌人而发动的战争，是没有终结的战争。大家都知道，永远有癌症、贫困和毒品。也永远会有像发动去年那场袭击的可鄙的恐怖分子和大规模杀人者，又有一度被称为恐怖分子（像法国抵抗运动被维希政府称为恐怖分子，非洲国民大会和曼德拉被实施种族隔离政策的南非政府称为恐怖分子）、后来被历史正名的自由斗士。

当一位美国总统对癌症或贫困或毒品宣战，我们知道"战争"是一个隐喻。谁会认为这场战争——美国对恐怖主义宣布的战争——是一个隐喻？但它是隐喻，并且是一个带有严重后果的隐喻。这场战争是被揭示出来而不是被实际宣布的，因为威胁被认为是不证自明的。

真正的战争不是隐喻。并且，真正的战争都有始有终。哪怕是以色列与巴勒斯坦之间骇人、难解决的冲突，也有终结的一天。但这场由布什政府颁布的反恐战争却永不会有终结。这就是一个征兆，表明它不是一场战争，而是一种授权，用来扩大使用美国强权。

当政府对癌症或贫困或毒品宣战，它意味着政府要求动员各种新力量来处理该问题。它还意味着不能由政府包办一切来解决它。当政府对恐怖主义——由各种敌人形成的跨国的、基本上是秘密网络的恐怖主义——宣战，它意味着政府可以做它想做的事情。当它想干预某个地方，它就会干预。它不能容忍限制其权力。

美国对外国"连累"的疑虑，早已有之。但是，本届政府却采取激进立场，认为所有国际条约都有可能损害美国的利益——因为就任何事情签约（无论是环境问题或战争行为，或对待俘虏，或国际法庭），美国都要使自己受约束，遵守一些准则，这些准则有一天可能会被用来限制美国的行动自由，使美国不能任意做政府认为符合美国利益的事情。事实上，这正是条约的作用：限制签字国对条约所涉对象任意采取行动的权利。迄今，任何受尊重的民族国家，都不曾这样公开把条约的限制作为回避条约的理由。

把美国的新外交政策说成是战时采取的行动，就能够有力地制约主流社会就实际发生的事情展开辩论。这种不愿意提问题的态度，在去年九月十一日袭击事件后就已立即变得明显起来。那些反对美国政府使用圣战语言（善对恶、文明对野蛮）的人士遭到谴责，被指容忍这次袭击，或至少是容忍袭击背后的怨愤的合法性。

在"团结必胜"的口号下，呼吁反省就等于持异议，持异议就等于不爱国。这种义愤正是那些掌管布什外交政策的人求之不得的。在袭击一周年纪念活动来临之际，两党主要人物对辩论的厌恶依然很明显——纪念活动被认为是继续肯定美国团结一致对抗敌人。

把二〇〇一年九月十一日拿来跟一九四一年十二月七日比较，一直是挥之不去的念头。再次，美国是一场造成很多人死亡（这一回是平民）的致命偷袭的对象，人数比死于珍珠港事件的士兵和海员更多。然而，我怀疑，在一九四二年十二月七日，人们会觉得需要举行大规模的纪念活动来鼓舞士气和团结全国。那是一场真正的战争，一年后，那场战争仍在继续着。

而目前这场战争，是一场幻影战争，一场按布什政府的意思去做的战争，因此需要举行周年纪念。这种纪念，可服务于多个目的。它是一个哀悼日。它是对全国团结的肯定。但有一点却是明白不过的：这不是一个全国反省日。据说，反省会损害我们的"道德明晰度"。有必要简单、清楚、一致。因此，将不会有语言，但会借用那个仍有可能雄辩滔滔的过去时代的语言，例如两党都受用的葛底斯堡演说。但林肯那些演说不只是鼓舞人心的散文。它们是大胆的讲话，在真实、可怕的战时阐明国家的新目标。第二次就职演说敢于预言继北方在内战中胜利后必定形成的南北和解。林肯在葛底斯堡演说中所颂扬的自由，其关键是承诺把结束奴隶制作为首要任务。但是，当林肯这些伟大的演说在纪念"九一一"的活动中被援引时，它们就——以真正的后现代的方式——变得完全没有意义。它们现在成为高贵的姿势、伟大精神的姿势。至于它们伟大的原由，则是不相干的。

这在美国反智主义的大传统中屡见不鲜：怀疑思想，怀疑文字。而这非常适用于服务现政府的目的。宣称去年九月十一日的袭击太恐怖、太具灭毁性、太痛苦、太悲惨，文字无法形容；宣称文字不可能表达我们的哀伤和愤慨——躲在这些骗人的话背后，我们的领导人便有了一个完美的借口，用已变得空洞无物的话来装扮自己。说点什么，可能就会惹来争议。说话实际上有可能变成某种声明，从而招来反驳。最好是什么也不说。

当然，将会出现愤怒的图像。众多的图像。就像老话可以再循环，一年前的图像也可以再循环。大家都知道，一张照片胜千言。我们将重新体验那次事件。将会采访生还者和采访受害者的家人。这是西方的花园的关门时间①。（我以前总觉得，最能代表目前对严肃和公正的重大威胁的废话是"精英"。现在我觉得"关门"这一说法也同样虚假和可憎。）有些人会接受关门，另一些会拒绝，需要继续哀悼。市政官员会大声读出死在双子塔里的人的姓名，这等于是美国最受称赞的哀悼纪念碑——林璎②在华盛顿特区创造的互动黑石屏幕，屏幕上刻着（供阅读、供触摸）死在越南的每一个美国人的姓名——的口

---

① "西方的花园的关门时间"是英国批评家西里尔·康诺利在第二次世界大战前所说的一句名言，意为美好生活的结束。
② Maya Lin（1959— ），美国艺术家、建筑设计师。

头版。其他语言魔术的牙慧将陆续出现，例如刚刚宣布决定把河对面的新泽西州的国际机场（联合航空公司"九三"班机①的死亡之旅即是从那里升空的）此后改称为"纽瓦克自由机场"。

让我说得更明白些。我不质疑我们确有一个邪恶、令人发指的敌人，这敌人反对我最珍惜的东西——包括民主、多元主义、世俗主义、绝对的性别平等、不蓄须的男子、跳舞（各种类型）、暴露的衣着，嗯，还有玩乐。同样地，我一刻也没有质疑美国政府有义务像任何政府那样保护其公民的生命。我质疑的是这种假战争的假宣言。这些必要的行动不应被称为"战争"。没有不终结的战争；却有一个相信自己不能被挑战的国家宣称要扩张权力。

美国绝对有权搜捕那些罪犯及其同谋。但是，这种决心不必是一场战争。在国外采取有限度、集中的军事行动，不应变成国内的"战时"。要抑制美国的敌人，尚有更好的、较少损害那些符合大家的公共利益的宪法权利和国际协议的途径，而不必继续乞灵于没有终结的战争这一危险、使人头脑迟钝的概念。

---

① 该班机是被恐怖分子劫持来进行"九一一"袭击的飞机之一，在宾夕法尼亚州坠毁。

摄影小结

1. 摄影首先是一种观看方式。它不是观看本身。

2. 它必然是"现代"的观看方式——以先入之见偏袒各种发现和创新计划。

3. 这种现已有漫长历史的观看方式，对我们期待在照片里看到什么起决定作用，也对我们习惯于在照片里注意什么起决定作用。

4. 现代观看方式是碎片式观看。人们觉得现实在根本上是无限的，而知识是无止境的。依此，则所有界线、所有整体的概念都必定是误导的、蛊惑人心的；充其量是临时性的；长远而言几乎总是不真实的。根据某些整体的概念来观看现实，对塑造和形成我们的经验有无可否认的优势。但它也——现代观看方式如此教导我们——否认真实事物的无限多样性和复杂性。因此，它压抑我们再造我们希望再造的东西——我们的社会、我们自己——的能量，确切地说，权利。真正的解放，我们被告知，是注意更多、更多。

5. 在现代社会，相机制造的影像是接触我们没有直接经验的现实的主要手段。我们被预期要接受和记住我们对之没有直接经验事物的数目无限的影像。相机为我们定义我们认作"真实"的东西——而且它继续把真实的边界向前推进。摄影师如果暴露他们自己的隐蔽的真相，或暴露观者居住地邻近或远方的社会中未被充分报道的社会冲突，则他就会特别受赞赏。

6. 在现代认知方式中，某一东西要变得"真实"，就要有影像。照片确认事件。照片把重要性赋予事件，使事件可记忆。一场战争、一场暴行、一场流行病、一场所谓的自然灾害如果要成为广受关注的对象，就必须通过各种向千百万人散布摄影影像的系统（包括电视、互联网、报纸、杂志）来让人们知道。

7. 在现代观看方式中，现实首先是外表——而外表总是在变化。照片记录外表。摄影的记录是记录变化、记录被摧毁的过去。作为现代人（而如果我们有看照片的习惯，则按定义我们就是现代人），我们都明白所有身份都是建构。唯一无可辩驳的现实——以及我们寻找身份的最佳线索——是人们外表如何。

8. 一张照片就是一块碎片——一次瞥视。我们累积瞥视、碎片。我们脑中都贮存着数以百计的摄影影像，它们随时供我们回忆。所有照片都向往被记忆的状况——即是说，难忘的状况。

9. 根据把我们定义为现代人的观点，细节的数目是无限的。照片就是细节。因此，照片似乎像生活。做现代人就是信奉细节的野蛮自主权，被细节的野蛮自主权迷住。

10. 认识首先是表示知道。表示知道如今是一种被认作艺术的认知形式。那些关于世界上大部分人受可怕的残暴和不公正之苦的照片似乎在告诉我们——我们这些享有特权和相对安全的人——我们应激动起来；我们应要求做些事情来阻止这些恐怖。还有这样一些照片，它们似乎要引起一种不同的注意。对这些进行中的大量作品来说，摄影不是旨在激发我们去感觉和行动的社会忧患或道德忧患的样本，而是一个符号企业。我们张望、我们记录、我们表示知道。这是一种更冷的观看。这是被我们认作艺术的观看方式。

11. 某些最出色的介入社会的摄影师的作品如果看上去太像艺术，就会受责备。而被视作艺术的摄影，也会引起类似的责备——责备它窒息关注。它向我们展示我们也许会哀叹的事件和局势和冲突，并要求我们泰然处之。它也许会向我们展示真正恐怖的东西，并成为对我们有胆量看什么和有能力接受什么的一种测试。或者，它通常——对很多最出色的当代摄影而言确是如此——只是邀请我们去凝视平庸。凝视平庸，同时也品尝平庸，诱发那些非常发达的冷嘲热讽的习惯，这些习惯已得到精致的摄影展和摄影集常见的以超现实方式并置照片的确认。

12. 摄影——旅行、观光业的最高形式——是扩大世界的主要现代手段。作为艺术的一个分支，摄影那扩大世界的企业往往擅长挖掘被认为具挑战性、越界的题材。一帧照片也许是要告诉我们：也存在着这东西。还有那东西。还有那东西。（而这一切都是"有人性"的。）但我们该如何对待这种知识——如果它实际上是关于譬如自我、关于反常、关于畸零世界或地下世界的知识？

13. 知识也好，表示知道也好——关于这种特别地现代的体验事物的方式，有一点我们是可以肯定的：这种观看，以及这种观看的碎片的累积，是没完没了的。

14. 没有最后的照片。

关于对他人的酷刑

长久以来——至少六十年来——摄影已为怎样判断和回忆重要冲突铺设了轨道。西方的纪念馆如今几乎清一色都是视觉的。摄影对我们回忆事件的哪些方面具有不可抑制的决定性力量，而现在看来，各地人们在谈起美国去年对伊拉克发动的那场先发制人的恶臭的战争时，很可能会立即联想到美国人在萨达姆·侯赛因最臭名昭著的阿布格莱布监狱里对伊拉克囚犯施加酷刑的照片。

布什政府及其辩护者们寻求的，主要是限制一场公关灾难——照片的传播——而不是处理这些照片暴露的领导层和政策所犯下的错综复杂的罪行。首先，是避开现实，把矛头转移到照片本身。政府最初的反应是说，总统对这些照片感到震惊和恶心——仿佛错误或恐怖的是图像本身，而不是图像所揭示的事情。还有就是对"酷刑"这个词的回避。囚徒可能成了"虐待"的对象，最终成了"羞辱"的对象——最多只承认这些。国防部长唐纳德·拉姆斯菲尔德在新闻发布会上说："我的印象是，迄今被指控的是虐待，而我相信这在技术上是不同于酷刑的。因此我不谈'酷刑'这个词。"

文字可改、可增、可减。十年前卢旺达的胡图族在短短几周内屠杀其邻族图西族约八十万人时，正是美国政府竭力回避"种族灭绝"这个词暴露了美国政府无意做任何事情。拒绝用其真正的名称——也即酷刑——来形容发生在阿布格莱布监狱的事情——以及发生在伊拉克其他地方、阿富汗和关塔那摩湾的事情——其无耻就如同拒绝把发生在卢旺达的种族灭绝称为种族灭绝。这里是一个美国也是其签约国的公约对酷刑的定义："为了达到获得某个人本人或第三者的资料或供词等目的，而蓄意使这个人遭受无论是肉体上或精神上的严重痛苦的任何行为。"（这个定义来自一九八四年的《禁止酷刑和其他残忍、不人道或有辱人格的待遇或处罚公约》）。类似的定义在习惯法和各种条约中存在已有一段时间，始于一九四九年的四个《日内瓦公约》[都列为"第三条"]，最近很多人权公约也都有。）一九八四年的公约宣称："任何特殊环境，不管是战争状态或战争威胁、国内政治动荡或任何其他公共紧急情况，都不能被用作酷刑的合理辩解。"所有关于酷刑的公约都具体列明酷刑包括意图以羞辱方式对待受害者，例如勒令囚徒在牢房和走廊赤身裸体。

无论本届政府采取什么行动，来限制阿布格莱布和其他地方的虐囚事件不断被揭露所造成的破坏——审讯、军事法庭、开除军籍、军方高层人物和需承担责任的政府官员辞职，以及向受害者作出实质性的赔偿——"酷刑"这个词都有可能继续被禁用。本届政府要公众相信美国的意图是高尚的，美国的价值是普世的，并以此作为终极的、必胜主义的合理辩解，宣称美国有权在世界舞台上采取单边主义行动来捍卫其利益和安全；而承认美国人对囚徒施加酷刑，将与本届政府要公众相信的一切背道而驰。

甚至当美国的声誉在世界各地受损且扩大和加深，而总统终于不得不使用"难过"这个词时，遗憾的焦点似乎仍然是美国自诩的道德优越感受损、美国为愚昧的中东带来"自由和民主"这一霸权目标受损。没错，布什总统五月六日在华盛顿与约旦国王阿卜杜拉二世并肩站着时说，他"对伊拉克囚徒所遭受的羞辱和他们的家人所遭受的羞辱感到难过"。但是，他继续说，他"同样对看到这些照片的人们不明白美国的真正本质和用心感到难过"。

对那些认为这场战争推翻了当代最凶残的一个独裁者因而觉得这场战争有一定合理性的人来说，用这些图像来概括美国在伊拉克的努力未免"不公平"。一场战争，一次占领，将不可避免地由花毯式的繁复的行动构成。是什么使某些行动具有而另一些不具有代表性呢？问题不在于是否有某些个人（也即"不是每个人"）施加酷刑，而在于是否有计划有步骤、获授权、被容忍。所有行动都是由某些个人做的。问题不在于这种事情是由大多数或少数美国人做的，而在于本届政府所制定的政策和执行这些政策的各部门是不是实质上使得这些行为有可能发生。

·

　　从这个角度看，则这些照片即是我们。换句话说，这些照片代表着任何外国占领军的腐败加上了布什政府的特殊政策。比利时人在刚果、法国人在阿尔及利亚，都曾对被鄙视的、顽抗到底的当地人施加酷刑和性羞辱。除了这一遗传性的腐败，还有伊拉克的美国统治者令人大惑不解、近于完全未做准备的状态，他们就以这种状态来处理这个国家获得"解放"——也即被征服——之后的复杂现实。此外，尚有布什政府那些支配一切的特殊信条，也即美国已发动了一场没有终结的战争（针对一个叫做"恐怖主义"的变幻无常的敌人），而那些在这场战争中被拘留的人，只要总统如此认定，则他们就是"非法的作战者"——这项政策，是国防部长拉姆斯菲尔德早在二〇〇二年一月就阐明的——因而，按拉姆斯菲尔德的说法，他们"在技术上不能享有《日内瓦公约》的任何权利"，如此一来，则数以千计未经审讯或未与律师接触就被囚禁于"九一一"之后设立、由美国人管理的监狱里的人，成为各种残忍和罪行的受害者，也就顺理成章了。

　　那么，真正的问题并不是照片本身，而是照片所揭示的发生在被美国扣押的"疑犯"身上的事情，对吗？错：照片所展示的恐怖，与拍摄照片的恐怖——施虐者对着他们那些无助的阶下囚摆姿势和幸灾乐祸——是不可分割的。第二次世界大战中的德国士兵拍摄了他们在波兰和俄罗斯所犯的暴行的照片，但是刽子手们让自己与受害者合照却难得一见，雅尼娜·斯特鲁克[1]最近出版的一本书《拍摄大屠杀》就是明证。勉强可以跟这些照片相提并论的，也许只有在一八八〇年至一九三〇年被施加私刑的黑人受害者的某些照片，照片显示美国人在某具吊在他们背后树上的黑人男子或女子残缺不全的赤裸尸体下龇牙而笑。这些私刑照片是一次集体行动的纪念品，行动的参与者完全觉得自己的所作所为是天经地义的。来自阿布格莱布的照片也是如此。

如果有什么不同，那也是由拍摄行动日益无所不在造成的不同。这些私刑照片符合照片作为纪念品的性质——由某个拍摄者拍下，以便收藏、夹进相簿、展示。然而，美国士兵在阿布格莱布监狱拍摄的照片，却反映了照片流传方式发生的一次转变——更多是传播信息而非储存物件。士兵们普遍拥有数码相机。以前，拍摄战争是摄影记者的专利，现在士兵们自己全都成了摄影师——记录他们的战争、他们的取乐、他们对自己认为是好看的画面的观察、他们的暴行——然后彼此交换图像，以及用电子邮件发送到全球各地。

愈来愈多的人亲自记录自己的行为。至少在美国，或者说特别在美国，安迪·沃霍尔[2]关于实况拍摄真人真事的理念——生活未经编辑，为什么生活纪录要编辑——已成为无数网上直播的准则，在这些网上直播中，人们记录自己的一天，

---

① Janina Struk，自由职业摄影师，曾任伦敦威斯敏斯特大学摄影高级讲师。出生年月不详。
② Andy Warhol（1928—1987），美国艺术家，波普艺术的代表人物。

做自己的真人秀。我在这里——醒来打哈欠伸懒腰，刷牙做早餐送孩子上学。人们记录自己各方面的生活，储存在电脑档案里，然后到处寄。家庭生活与家庭生活的纪录并行——哪怕是当，或者说特别是当家庭陷入危机或耻辱的剧痛中。毫无疑问，历时多年、孜孜不倦、持续不断彼此用家庭录像机拍摄谈话或独白，是近期一部由安鲁德·贾雷基[①]制作的、关于长岛一个家庭卷入娈童控罪的纪录片《捕捉弗里德曼一家》中最令人震惊的材料。

色欲生活对愈来愈多的人而言，是可以在数码摄影和录像中捕捉的东西。酷刑作为可以被记录的东西，当它含有性爱成分时，也许更具吸引力。这确实是发人深省的，也即随着愈来愈多的阿布格莱布照片进入公众视野，酷刑照片竟然与美国士兵彼此性交的色情图像交织在一起。事实上，大多数酷刑照片都有色情主题，例如在那些胁迫囚徒们表演或模仿性行为的照片中。一个例外，是一幅已成为经典的照片：一名男子站在箱子上，被蒙住头，绑着电线。据报道，他被告知，如果他跌下来，就会触电而死。然而，被绑在痛苦位置上或被迫伸开双臂站立的囚徒的照片并不多见。它们是酷刑，这是毫无疑问的。你只要看看受害者脸上的恐惧就知道了。但大多数的照片似乎是一场酷刑和色情大汇演的一部分：一名年轻女子用皮带系着一名裸体囚徒牵着他到处走，就是一个典型的施虐女主角形象。而我们不知道，到底对阿布格莱布囚徒施加的性酷刑的灵

---

① Andrew Jarecki，美国电影导演。出生年月不详。

感，有多少来自互联网上的色情影像——这些色情影像库存量庞大，普通人都竞相模仿，并在网上播放。

·

活着即是被拍摄、记录自己的生活，并因此继续生活而没有意识到或宣称没有意识到摄像机正不停地对准自己。但活着也是摆姿势。行动即是在被录成影像的行动群体中分享。一边看着无助、遭捆绑、裸体的受害者被施加酷刑一边露出满足感，只是故事的一部分。还有更深一层的满足感，也即被拍摄：如今在镜头前他们的反应往往不再像从前那样目光呆滞、直视，而是神采奕奕。那些事件有一部分就是设计来拍摄的。那咧嘴而笑是为镜头咧嘴而笑。在勒令脱光衣服的男人叠在一起之后，如果你不拍张照纪念，就好像缺了点什么。

看着这些照片，你会问自己：怎么可以对着另一个人的痛苦和羞辱咧嘴而笑？怎么可以牵着警犬威胁赤身裸体、战战兢兢的囚徒的阴茎和大腿？怎么可以强迫带脚镣、蒙住头的囚徒手淫或彼此模仿口交？你还会觉得，这样问未免太天真了，因为答案是不言而喻的：一些人就是这样对待另一些人的。强奸和对阴茎施加痛苦，是最普通的酷刑形式之一。不限于纳粹集中营和在萨达姆·侯赛因统治下的阿布格莱布监狱。当美国人被告知或被教唆，觉得那些他们对之拥有绝对权力的人活该受到羞辱和折磨时，他们这样做。当他们被引导去相信那些被他们施加酷刑的人属于一个低等种族或宗教时，他们这样做。

这些照片的意义不仅在于有人做了这种事情，而且在于施加者显然不觉得照片所展示的有什么不妥。

更可怕的是，由于这些照片原是要传阅和被很多人观赏的，因此：这一切全是为了取乐。遗憾的是，取乐这个理念——与布什要说服世界相信的相反——正愈来愈成为"美国的真正本质和用心"的一部分。要衡量美国生活中对暴行日益接受的程度，是非常困难的，但证据比比皆是，从成为男孩子们主要娱乐的录像杀人游戏——距出现《审问恐怖分子》的录像游戏的日子真的很远吗？——到已在青少年一时热衷的集体仪式中成为流行病的暴力。没错，暴力犯罪下降了，然而轻易在暴力中找到乐趣的情况却似乎上升了。从对众多美国郊区中学的新生施加无情折磨——理查德·林克莱特①一九九三年的电影《年少轻狂》中对此有描述——到大学迎新会和球队迎新会捉弄仪式上的肉体暴力和性羞辱，美国已成为这样一个国家：暴力幻想和暴力实践被视为良好的消遣——取乐。

以前被列为色情的东西，被列为极端施虐受虐狂的行为——就像皮尔·保罗·帕索利尼②几乎使人不忍卒睹的最后一部电影《萨洛》（1975）所描写的墨索里尼时代结束时发生在意大利北部一座法西斯碉堡里的酷刑狂欢——如今正被某些人正常化，当成过瘾的游戏或发泄。一名电台听众在电话中对鲁什·林博③和数百万收听他的清谈节目的美国人说："叠裸

① Richard Linklater（1960—　），美国电影导演。
② Pier Paolo Pasolini（1922—1975），意大利诗人和电影导演。
③ Rush Limbaugh（1951—　），美国电台主持人和保守派政治家。

汉"就像大学迎新会捉弄仪式上的恶作剧。我们不禁想知道，这个致电者看过那些照片吗？这无关紧要。这个看法——或这是幻想？——说到了要害。也许仍可以令某些美国人震惊的是林博的回答："正是！"他大声说，"这正是我的看法。这跟发生在骷髅会入会仪式上的事情没有多大分别，我们会因此而毁掉他们的生命，我们会妨碍我们的军事努力，然后我们就会因为他们寻寻开心而毁掉他们。"这里所说的"他们"，是美国士兵，也即酷刑施加者。林博继续说："你们知道，这些人每天被人开枪袭击。我说的是寻寻开心的人，这些人。你们听说过情绪宣泄吗？"

很可能，为数颇多的美国人宁愿想像对其他人类——他们作为我们假定或怀疑的敌人，已丧失他们的权利——施加酷刑和羞辱是天经地义的，而不愿承认美国在伊拉克的冒险是愚蠢、昏庸和奸诈的。至于把酷刑和性羞辱当作取乐，这种趋势在美国继续把自己变成设防国家，把爱国定义为无条件尊敬武装力量和尊敬国内监视极大化的必要性的情况下，看来是难以阻挡的。我们的军队曾宣称要"震慑"伊拉克人。令人震慑的是这些照片向世界宣布美国人送来什么：一套公然藐视国际人道公约的犯罪行为模式。士兵们在他们所犯的暴行面前摆姿势、竖起大拇指，再把照片发送给他们的老友。我们应该大感震惊吗？我们的社会是这样一个社会，以前你几乎可以牺牲一切来掩饰你个人生活的秘密，现在你吵嚷着要求被邀请到电视节目上暴露自己的私隐。这些照片与其说是揭示对不道歉的暴行的毫无保留的欣赏，不如说是揭示一种无耻文化。

以为总统和国防部长以道歉或表示"恶心"作为回应就已经足够，这种想法等于是侮辱人们的历史感和道德感。对囚徒施加酷刑，并非偏离正轨，而是"要么支持我们要么反对我们"的世界斗争教条的直接后果。布什以这些教条寻求改变、激烈地改变美国的国际立场和重塑众多的国内制度和职权。布什政府使国家卷入一场假宗教信条的战争，没有终结的战争——因为"反恐战争"正是这种战争。发生在美国军队管辖的这个新的国际监狱帝国里的事情，甚至已突破法国魔鬼岛和苏俄古拉格系统的臭名昭著的程序，因为法国的监狱岛首先就有审讯和判刑，而俄罗斯监狱帝国也有某种控罪和有具体年数的判刑。没有终结的战争被用来证明没有终结的禁锢的合理性。那些被关押在不受法律约束的美国刑罚帝国里的人，是"被拘留者"；因为"囚徒"这个新近被取代的词可能意味着他们拥有国际法和所有文明国家的法律所赋予的权利。这场没有终结的"全球反恐战争"——对阿富汗的尚算合理的入侵和在伊拉克的无法取胜的蠢行，都已被五角大楼的法令归入这个名下——将不可避免地导致把任何被布什政府宣称为可能的恐怖分子的人士妖魔化和非人化：一个不打算拿出来辩论且事实上往往是秘密地制造的定义。

　　由于对伊拉克和阿富汗监狱里大多数被拘留者的指控都是子虚乌有的——红十字会报告说，百分之七十至九十的被关押者，似乎并没有犯什么罪，只不过是在错误的地点和错误的时间里，在某次扫荡"疑犯"的行动中被抓——所以，拘押他们的主要理由是"审问"。审问什么？什么都审问。被拘留者可能知道的任何事情。如果审问成了无限期拘留囚徒的理由，那么肉体威逼、羞辱和酷刑就不可避免了。

要知道：我们不是在谈论最罕见的例子，也即"滴答响的定时炸弹"的情况，这种情况有时被当成特殊例子，作为拷问那些知道一次随时发动的袭击之内情的囚徒的合理辩解。现在我们是在谈论笼统的、没有具体资料要获得的情报收集，由美国军方和文职行政长官①授权，旨在多了解一个难以捉摸的歹徒帝国，而美国人对这个帝国实际上一无所知，对歹徒匿藏的所在地的国家亦完全不了解：因此，原则上任何情报都可能有用。一次得不到情报的审问（不管情报可能包含什么）会被当成一次失败，因此就更有理由逼供。使他们软化，给他们压力——这些是关押着嫌疑恐怖分子的美国监狱里的禽兽行为的委婉语。不幸地，似乎有不少囚徒因受不了压力而死去。

这些照片不会消失。这是我们生活其中的数码世界的本质。事实上，它们看来是必要的，否则怎能让我们的领导人承认他们就快出问题了。毕竟，国际红十字会就美军首先在阿富汗继而在伊拉克开设的监狱里发生"被拘留者"和"嫌疑恐怖分子"遭残酷惩罚而撰写的报告的结论，以及新闻记者的报道和人道组织的抗议，已流传了一年多了。布什或切尼或赖斯或

---

① 指侵略国派驻被侵略国的行政长官，例如美国入侵伊拉克之后，美国派驻伊拉克的临时行政长官。

拉姆斯菲尔德是否读过这些报告，颇值得怀疑。显然，是当照片已经压制不住并公开出来了，他们才注意；是照片使布什及其伙伴觉得这一切是"真实"的。在此之前，只有文字，而在我们这个无限自我复制和自我传播的数码时代，文字更容易被掩盖，也更容易被忘记。

现在看来，这些照片还会继续"攻击"我们——就像很多美国人必然会觉得的。人们会习惯这些照片吗？有些美国人已经表示他们看够了。然而，世界各地的人并未看够。没有终结的战争：源源不绝的照片。现在编辑们会辩论是否刊登更多，或辩论未删剪就刊登（未经删剪的照片，尤其是一些最著名的图像，例如一个被蒙住头、站在箱子上的男子，会带来不同的、在某些情况下更怵目惊心的观感）是否会变成"坏品味"或太有政治含义？所谓的"政治"，也即批评布什政府的帝国计划。因为毫无疑问，这些照片诚如拉姆斯菲尔德在作证中所说的，将会损害"武装部队那些诚实的男女士兵的声誉，他们正勇敢地、负责任地、极其称职地在全球各地捍卫我们的自由"。这种损害——对我们的声誉、我们的形象、我们作为唯一超级大国的成功——是布什政府最为痛惜的。至于保护"我们的自由"——世界百分之五人口的自由——为何需要动用美军到"全球各地"，则几乎未被我们的民选官员提出来辩论过。美国把自己视为潜在或未来的恐怖的受害者。美国无非是在自卫，防止偷偷摸摸的死敌的袭击。

反弹已经开始了。美国人正被警告勿沉溺于一片自我谴责声中。继续公开照片正被很多美国人理解成暗示我们无权捍卫自己：归根结底，是他们（恐怖分子）挑起的。他们——奥萨马·本·拉丹？萨达姆·侯赛因？这有分别吗？——先袭击我们。俄克拉何马州参议员、参议院军事委员会（拉姆斯菲尔德部长曾在该委员会面前作证）共和党成员詹姆斯·恩霍夫坦率承认，他更愤慨于照片引起的愤慨，而不是愤慨于照片所揭示的事情，而他敢肯定他并非该委员会唯一有这种感觉的成员。恩霍夫参议员解释说："这些囚徒，你知道他们不是因为违反交通规则而被送进那里。如果他们被关在1－A或1－B牢区，这些囚徒，是因为他们是杀人犯，他们是恐怖分子，他们是叛乱分子。他们之中很多人的手上可能沾着美国人的血，而我们却在这里关心这么一些人的待遇。"错在"媒体"，它们挑起并且还将继续挑起世界各地对美国人发动更多的攻击。将有更多美国人死亡。因为这些照片。

让这些披露美国军方和文职当局授权在"全球反恐战争"中施行酷刑的材料变成一个关于影像的战争——和反对影像的战争——的故事，将是极大的错误。美国人被杀，不是因为这些照片，而是因为这些照片所暴露的正在发生的事情，这些事情是在一条上达布什政府最高层的指挥链的命令和共谋下发生的。但是照片与现实之间的差别——就像舆论导向与政策之间的差别——是很容易消失的。而这正是本届政府希望发生的。

拉姆斯菲尔德在作证时承认："还有很多照片和影像。如果把它们公开，不用说，事情会更糟。"应该说，这"更糟"是对本届政府及其计划而言，而不是对那些实际的——以及潜在的——酷刑受害者而言。

　　传媒也许会自我审查，但就像拉姆斯菲尔德承认的，要审查驻海外士兵是困难的，他们不像旧时那样写家书——军方审查员可打开家书，涂掉他们认为难以接受的句子。今日的士兵就像游客，就像拉姆斯菲尔德所说的："他们带着数码相机到处跑，拍摄这些难以置信的照片，然后违反法律，把它们发送给传媒，令我们吃惊。"政府多方面努力，企图扣压这些照片。目前，他们的理据正在法律上找到支持：现在这些照片被列为未来刑事案件的证据，如果公开，可能会造成偏见，影响审判结果。参议院军事委员会共和党主席、弗吉尼亚州参议员约翰·沃纳在观看了五月十二日那一大批对伊拉克囚徒实施性羞辱和暴力的图像之后说，他"非常强烈地"感到，新照片"不应公开。我感到这可能会危及武装部队的男女士兵，他们正在服役，风险很大"。

　　但是，限制照片公开的真正推动力，将来自这样一种持续的努力，也即保护本届政府和掩盖在伊拉克的治理不当——这就要把照片引起的"愤慨"等同于一场旨在削弱美国军事力量和破坏美军执行当前任务的运动。就像很多人把电视播出在入侵和占领伊拉克过程中美军被杀的照片视作含蓄批评这场战争一样，将有更多人把传播新照片和进一步玷污美国的形象视作不爱国。

　　毕竟，我们正处于战争中。没有终结的战争。而战争即地狱，比任何把我们拖入这场恶臭的战争的人所可能预期的更可怕的地狱。在我们镶满镜子的数码大堂中，这些照片不会消

失。不错，看来一张照片胜于千言。即使我们的领导人选择视
而不见，也仍会有数以千计的新快照和录像涌现。无可阻
挡地。

· · ·

文字的良心

耶路撒冷奖受奖演说

我们为文字苦恼，我们这些作家。文字有所表。文字有所指。文字是箭。插在现实的厚皮上的箭。文字愈有预示力，愈普遍，就愈是又像一个个房间或一条条隧道。它们可以扩张，或塌陷。它们可以变得充满霉味。它们会时常提醒我们其他房间，我们更愿意住或以为我们已经在住的其他房间。它们可能是一些我们丧失居住的艺术或居住的智慧的空间。最终，那些精神意图的容积，会由于我们再也不知道如何去居住，而被弃置、用木板钉上、封死。

例如，我们所说的"和平"是指什么？是指没有争斗吗？是指忘记吗？是指宽恕吗？或是指无比的倦意、疲劳、彻底把积怨宣泄出来？

我觉得，大多数人所说的"和平"，似乎是指胜利。他们那边的胜利。对他们来说，这就是"和平"；而对其他人来说，和平则是指失败。

原则上，和平是大家所渴望的，但是，如果大家都接受一种看法，认为和平意味着必须令人难以接受地放弃合法权利，那么最貌似有理的做法将是诉诸少于全部手段的战争。这样一来，呼吁和平就会让人觉得如果不是骗人的，也肯定是过早的。和平变成一个人们再也不知道该如何居住的空间。和平必须再移居。再开拓殖民地……

·

而我们所说的"荣誉"又是指什么呢？

荣誉作为检验个人行为的严厉标准，似乎已属于某个遥远的年代。但是授予荣誉的习惯——讨好我们自己和讨好彼此——却继续盛行。

授予某个荣誉，意味着确认某个被视为获普遍认同的标准。接受一个荣誉意味着片刻相信这是一个人应得的。（一个人应说的最体面的话，是自己不敢受之有愧。）拒绝人家给予的荣誉，似乎是粗鲁、孤僻和虚伪的。

通过历年来选择授予哪些人，一个奖会积累荣誉——以及积累授予荣誉的能力。

不妨根据这个标准，考虑一下其名字备受争议的"耶路撒冷奖"，它在相对短的历史中，曾授予二十世纪下半叶一些最好的作家。虽然根据任何明显的标准，这个奖都是一个文学奖，但它却不叫做"耶路撒冷文学奖"，而叫做"社会中的个人自由耶路撒冷奖"。

获得这个奖的所有作家都曾真正致力于"社会中的个人自

由"吗？这就是他们——我现在必须说"我们"——的共同点吗？

我不这样想。

他们代表着一个覆盖面很广的政治意见的光谱，不仅如此，他们之中有些人几乎未曾碰过这些"大字"：自由、个人、社会……

但是，一个作家说什么并不重要，重要的是那个作家是什么。

作家——我指的是文学界的成员——是坚守个人视域的象征，也是个人视域的必要性的象征。

我更愿意把"个人"当成形容词来使用，而不是名词。

我们时代对"个人"的无休止的宣传，在我看来似乎颇值得怀疑，因为"个性"本身已愈来愈变成自私的同义词。一个资本主义社会赞扬"个性"和"自由"，是有其既得利益的。"个性"和"自由"可能只不过是意味着无限扩大自我的权利，以及逛商店、采购、花钱、消费、弃旧换新的自由。

我不相信在自我的培养中存在任何固有的价值。我还觉得，任何文化（就这个词的规范意义而言）都有一个利他主义的标准，一个关心别人的标准。我倒是相信这样一种固有的价值，也即扩大我们对一个人类生命可以是什么的认识。如果文学作为一个计划吸引了我（先是读者，继而是作家），那是因为它扩大我对别的自我、别的范围、别的梦想、别的文字、别的关注领域的同情。

·

　　作为一个作家，一个文学的创造者，我既是叙述者又是反复思考者。各种理念牵动我。但长篇小说不是由理念而是由形式构成的。语言的各种形式。表述的各种形式。我未有形式之前，脑中是没有故事的。（诚如纳博科夫所言："事物的样式先于事物。"）还有——不言明或默认——长篇小说是由作家对文学是什么或可以是什么的认识构成的。

　　每位作家的作品，每种文学行为，都是或等于是对文学本身的阐述。捍卫文学已成为作家的主要目标之一。但是，诚如王尔德所说，"艺术的一个真理是，其对立面也是真理。"我想套用王尔德这句话说：文学的真理是，其反面也是真理。

　　因此，文学——我是用约定俗成的说法，而不单是描述性的说法——是自觉、怀疑、顾忌、挑剔。它还是——再次，既是约定俗成的说法，又是描述性的说法——歌唱、自发、颂扬、极乐。

　　有关文学的各种理念——与有关譬如爱的理念不同——几乎总是在对别人的理念作出反应时才提出来。它们是反应性的理念。

　　我说这，是因为我觉得你们——或大多数人——说那。

　　因此我想让出一个空间，给一种更大的热情或不同的实践。理念发出许可——而我想许可一种不同的感情或实践。

　　我说这而你们说那，不仅因为作家们有时是专业抬杠者。

不仅要纠正难以避免的不平衡或一边倒或任何具有制度性质的实践——文学是一种制度——还因为文学是这样一种实践，它根植于各种固有地互相矛盾的愿望。

我的观点是，对文学作出任何单一的阐释，都是不真实的——也即简化的；只不过爱争辩罢了。要真实地谈文学，就必须看似矛盾地谈。

因此：每一部有意义的文学作品，配得上文学这个名字的文学作品，都体现一种独一无二的理想，要有独一无二的声音。但文学是一种积累，它体现一种多元性、多样性、混杂性的理想。

我们可以想到的每一个文学概念——作为社会参与的文学，作为追求私人精神强度的文学，民族文学，世界文学——都是，或有可能变成，一种精神自满或虚荣或自我恭喜的形式。

文学是一个由各种标准、各种抱负、各种忠诚构成的系统——一个多元系统。文学的道德功能之一，是使人懂得多样性的价值。

当然，文学必须在一些界限内运作。（就像所有人类活动。唯一没有界限的活动是死亡。）问题是，大多数人想划分的界限，会窒息文学的自由：成为它可以成为的东西的自由，也即它的创新性和它那令人激动不安的能力。

我们生活在一种致力于使贪婪一致化的文化中，而在世界广阔而灿烂的繁复多样的语言中，我讲和写的语言现已成为主导语言。在世界范围内，以及在世界众多国家数量庞大得多的人口中，英语扮演了拉丁语在中世纪欧洲所扮演的角色。

但是，随着我们生活在一个日益全球化、跨国界的文化中，我们也陷于真正的群体或刚刚自命的群体日益分化的要求中。那些古老的人文理念——文学共和国、世界文学——正到处受攻击。对某些人来说，它们似乎太天真了，还受到它们的源头的玷污。那源头就是欧洲那个关于普遍价值的伟大理想——某些人会说是欧洲中心论的理想。

近年来，"自由"和"权利"的概念已遭到触目惊心的降级。在很多社会中，集团权利获得了比个人权利更大的重量。

在这方面，文学的创造者所做的，可以无形中提高言论自由和个人权利的可信性。即使当文学的创造者把他们的作品用于服务他们所属的群体或社会，他们作为作家所取得的成就也有赖于超越这个目标。

·

使某一作家变得有价值或令人赞赏的那些品质，都可以在该作家独一无二的声音中找到。

但这种独一无二是私自培养的，又是在长期反省和孤独中训练出来的，因此它会不断受到作家被感召去扮演的社会角色的考验。

我不质疑作家参与公共问题辩论、与其他志趣相投者追求共同目标和团结一致的权利。

我也不觉得这种活动会使作家远离产生文学的那个隐遁、

怪僻的内在场所。同样地，几乎所有构成过丰盛人生的其他活动，也都无可非议。

但受良心或兴趣的必要性驱使，自愿去参与公共辩论和公共行动是一回事，按需求制造意见——被截取片言只语播放出来的道德说教——则是另一回事。

不是：在那儿，做那个。而是：支持这，反对那。

但作家不应成为生产意见的机器。诚如我国一位黑人诗人被其他美国黑人责备其诗作不抨击可耻的种族主义时所说的："作家不是投币式自动唱机。"

·

作家的首要职责不是发表意见，而是讲出真相……以及拒绝成为谎言和假话的同谋。文学是一座细微差别和相反意见的屋子，而不是简化的声音的屋子。作家的职责是使人们不轻易听信于精神抢掠者。作家的职责是让我们看到世界本来的样子，充满各种不同的要求、部分和经验。

作家的职责是描绘各种现实：各种恶臭的现实、各种狂喜的现实。文学提供的智慧之本质（文学成就之多元性）乃是帮助我们明白无论发生什么事情，都永远有一些别的事情在继续着。

我被"别的事情"缠扰着。

我被我所珍视的各种权利的冲突和价值的冲突缠扰着。例如——有时候——讲出真相并不会促进正义。再如——有时候——促进正义可能意味着压制颇大部分的真相。

有很多二十世纪最受瞩目的作家，在充当公共声音的活动中，为了促进他们认为是（在很多情况下曾经是）正义的事业，而成为压制真相的同谋。

我自己的观点是，如果我必须在真相与正义之间作出选择——当然，我不想选择——我会选择真相。

当然，我相信正当的行动。但那个行动的人是作家吗？

有三样不同的东西：讲，也即我此刻正在做的；写，也即使我获得这个无与伦比的奖的东西，不管我是否有资格；以及做人，也即做一个相信要积极地与其他人团结一致的人。

就像罗兰·巴特曾经说过："……讲的人不是写的人，写的人不是那个人本人。"

当然，我有各种意见，各种政治意见，其中一些是在阅读和讨论以及反省的基础上形成的，而不是来自直接经验。让我跟你们分享我的两个意见——鉴于我对某些我有一定直接见闻的问题所持的公开立场，因此我这两个意见是颇可预料的。

我认为，集体责任这一信条，用作集体惩罚的逻辑依据，绝不是正当理由，无论是军事上或道德上。我指的是对平民使用不成比例的武器；拆掉他们的房屋和摧毁他们的果园或果林；剥夺他们的生计和他们就业、读书、医疗服务、不受妨碍地进入邻近城镇和社区的权利……全都是为了惩罚也许甚至不是发生于这些平民周遭的敌意军事活动。

我还认为，除非以色列人停止移居巴勒斯坦土地，并尽快而不是推迟拆掉这些移居点和撤走集结在那里保护移居点的军队，否则这里不会有和平。

我敢说，我这两个意见获得这个大厅里很多人士的认同。我怀疑——用美国一句老话——我是在对教堂唱诗班布道。①

但我是作为一位作家持这些意见吗？或我不是作为一个有良心的人持这些意见，然后利用我的作家身份，为持相同意见的其他声音添上我的声音吗？一位作家所能产生的影响纯粹是附加的。它如今已成为名人文化的一个方面。

就一个人未直接广泛体验过的问题散播公开意见，是粗俗的。如果我讲的是我所不知道或匆促知道的，那我只是在兜售意见罢了。

回到开头，我这样说是基于一种荣誉。文学的荣誉。这是一项拥有个人声音的事业。严肃作家们，文学的创造者们，都不应只是表达不同于大众传媒的霸权论述的意见。他们应反对新闻广播和脱口秀的集体噪音。

舆论的问题在于，你会紧跟着它。而每当作家行使作家的职责，他们永远看到……更多。

无论有些什么，总有更多的东西。无论发生什么事情，总有别的事情在继续发生。

如果文学本身，如果这项进行了（在我们视野范围内）近三千年的伟大事业体现一种智慧——而我认为它是智慧的体现，也是我们赋予文学重要性的原因——那么这种智慧就是通过揭示我们私人和集体命运的多元本质来体现的。它将提醒我

---

① 意为多此一举。

们，在我们最珍视的各种价值之间，可能存在着互相矛盾，有时可能存在着无法克服的冲突。（这就是"悲剧"的意思。）它会提醒我们"还有"和"别的事情"。

文学的智慧与表达意见是颇为对立的。"我说的有关任何事情的话都不是我最后的话，"亨利·詹姆斯①说。提供意见，即使是正确的意见——无论什么时候被要求提供——都会使小说家和诗人的看家本领变得廉价，他们的看家本领是省思，是追求复杂性。

信息永远不能取代启迪。但是有些听起来像是信息的东西（如果不是比信息更好的东西）却是作家公开表达意见的不可或缺的前提，我指的是被告知消息的条件，我指的是具体、详细、具有历史厚度、亲身经历的知识。

让其他人，那些名人和政客，居高临下对我们说话吧；让他们撒谎吧。如果既做一位作家又做一个公共的声音可以代表任何更好东西的话，那就是作家会把确切表达意见和判断视为一项困难的责任。

舆论的另一个问题。舆论是固步自封的经销处。作家要做的，则应是使我们摆脱束缚，使我们振作。打开同情和新兴趣的场所。提醒我们，我们也许，只是也许，希望使自己变得跟现在不同或比现在更好。提醒我们，我们可以改变。

就像红衣主教纽曼所说的："在一个更高的世界，那是不一样的，但是在我们这下面，要活着就要改变，要完美就要经

---

① Henry James（1843—1916），美国小说家。

常改变。"

我所说的"完美"又是指的什么？我不想尝试解释，只想说，完美让我笑。我必须立即补充，这不是讽刺，而是怀着喜悦。

·

我很高兴能够获得"耶路撒冷奖"。我接受它，是把它当成给予所有那些致力于文学事业的人士的荣誉。我接受它，是向以色列和巴勒斯坦所有争取创造由独一无二的声音和繁复多样的真相构成的文学的作家和读者致敬。我接受这个奖，是以受伤和受惊的社群的和平与和解的名义。必要的和平。必要的让步和新安排。必要地放弃陈规俗套。必要地坚持对话。我接受这个奖——由一个国际书展赞助的国际奖——是把它当成一项尤其是向国际文学共和国表示敬意的活动。

世界作为印度

圣哲罗姆文学翻译讲座

·

纪念 W·G·泽巴尔德

翻译意味着很多东西，包括：流通、运输、传播、解释、（更）容易明白。我将以这个看法——或夸张，如果你这么认为——开始，也即我们所说的文学翻译，是指，可以是指翻译那些确实是值得一读的——即是说，值得重读的——已出版的书籍的小小百分比。我必须指出，适当地考虑文学翻译的艺术，本质上就是维护文学本身的价值。除了在为文学这门享有特权的进出口小生意创造库存的过程中明显需要翻译家提供便利外，除了文学像一种竞争性的体育活动，在全国性和国际性赛事上比拼（有对手、有团队和丰厚的奖金），而翻译在这一文学建构中扮演不可或缺的角色外——除了从事翻译所具有的商业上的激励、竞技上的激励和游戏性的激励之外，尚有一种更古老的、坦白说是传道式的激励，不过，在这个自知不敬神的时代，指出这点是较困难的。

在我所称的传道式的激励中，翻译的目的是扩大一本被认为是重要的著作的读者群。它假设，某些书明显优于另一些书，假设文学成就以金字塔形式存在，有必要尽可能让更多人读到最接近顶尖的那些作品，而这意味着被广泛地翻译，并且只要有机会就尽可能频密地重译。不言而喻，这种文学观假设，在哪些作品是重要的这个问题上，可以达成粗略的共识。这并不表示把这种共识——或正典——视为永远固定和不可修改的。

在金字塔顶尖，是那些被视为经典的书：必不可少或重要的雅俗共赏的知识，按定义是值得翻译的。（在语言学上最有影响力的译本可能是《圣经》译本：圣哲罗姆①译本、路德②译本、廷德尔③译本和钦定本④。）如此说来，翻译首先是使值得更为人知的著作更为人知——因为它有利于人们改进、深化和提高；因为它是来自过去的不可或缺的遗产；因为它是对知识的贡献，不管是神圣的知识或别的。从更世俗的角度看，翻译还被认为给译者带来益处：翻译是一种有价值的认知训练——以及道德训练。

在这个有人提出电脑——"翻译机器"——很快就可以承担大多数的翻译任务的时代，我们所称的文学翻译继续保留翻

---

① Saint Jerome（约331—420），拉丁文版《圣经》译者。

② Martin Luther（1483—1546），基督教新教路德派创始人，德文版《圣经》译者。

③ William Tyndale（1494—1536），英国新教殉教者，以异端罪名被处决。钦定本《圣经》即是以他的英译本《圣经》为基础钦定的。

④ 英国国王詹姆斯一世时期颁行的《圣经》英译本。

译所具有的传统意义。新的观点认为，翻译是寻找对等；或把这个隐喻修改一下，认为翻译是一个问题，可发明一些办法来解决。相反，旧观点认为，翻译是作出选择，有意识的选择，不只是好与坏、正确与不正确之间泾渭分明的简单选择，而是在更复杂的不同差异之间的选择，例如"好"对"更好"、"更好"对"最好"，当然还有各种杂乱的说法，例如"落伍"对"趋时"、"粗俗"对"矫饰"以及"删节"对"冗赘"。

面对这么多选择，译得好——或更好——便意味着译者有广博和精深的知识。这里所说的翻译，是更大意义上的选择活动。它是某些个人所从事的专业，他们是某种精神文化的传递者。深思地、谨慎地、灵巧地、虔诚地翻译，是衡量翻译家对文学事业本身的忠诚的一个精确尺度。

某些可能被视为仅仅是语言上的选择，往往也包含道德标准，这就使得翻译活动本身变成各种价值的载体，例如正直、负责、忠实、勇敢和谦逊。从道德角度理解翻译家的任务，起源于这样一种意识，也即翻译基本上是一种不可能的任务——如果翻译意味着翻译家可以拿起一位用另一种语言写作的作者的作品，然后完完整整、丝毫不损地把它变成另一种语言的话。显然，那些不耐烦地等待以更好、更灵巧的翻译机器的各种对等来取代翻译家的窘境的人士所强调的并不是这点。

文学翻译是文学的一个分支——或任何东西，但绝不是一项机械性的任务。然而，翻译之所以成为一项如此复杂的工作，是因为它回应各种各样的目的。首先，文学是一种沟通形式，文学的本质会提出各种要求；其次，就一部被视为重要的著作而言，它要求让尽可能多的读者欣赏；第三，从一种语言变成另一种语言，是困难重重的，而某些文本更是坚决拒绝屈服，这是因为作品中某些固有的东西，超越了作者本人的意图和意识，而当翻译程序启动时，这些东西就会出现——这种特质，由于没有更好的字眼，我们只好把它称为可译性。

这一窝复杂的问题，在翻译家们中间常常简化为那个长期争论——关于直译的争论，它可追溯至希腊文学被翻译成拉丁语时的古罗马，并继续困扰每个国家的翻译家（兼且不同国家还有不同的民族传统和取向）。有关翻译的讨论的最古老主题，是准确性和忠实性的角色。不用说，古代世界一定有些翻译家，他们的标准是严格的字面忠实性（还有该死的谐音！）——纳博科夫也曾在他译成英文的《叶普盖尼·奥涅金》中，以令人目眩的执拗捍卫这种立场。要不然，又如何解释圣哲罗姆本人（331—420）的大胆论断呢？他是古代世界（承接西塞罗①首先提出的看法）最广泛地在各种序言和书信中反思翻译的任务的知识分子，他坚称若要忠实地再现作者的文字和意象，将不可避免地牺牲意义和典雅。

以下这段话摘自哲罗姆为其翻译成拉丁语的优西比乌斯《编年史》的序言。（他在三八一年至三八二年翻译这本书，当时，他为了参加教会会议而住在君士坦丁堡——六年后他为了提高希伯来语知识而迁居伯利恒，差不多十年后他着手那个划时代的任务，把希伯来《圣经》翻译成拉丁语。）在谈到这

---

① Cicero（前106—前43），古罗马政治家和哲学家。

部从希腊语翻译过来的早期译本时，哲罗姆写道：

> 这是博学之士早已有之的一种训练心智的实践，也即把希腊作家的文字译成拉丁语，以及更困难的——翻译杰出作者们的诗篇，而不畏诗歌的更高要求造成的重重阻挠。正是通过这种方式，我们的西塞罗实际上一本本地翻译了柏拉图的全部著作……后来又以翻译色诺芬的经济学作消遣。在后一本翻译著作中，雄辩的金色河流一再遇到障碍，流水在这些障碍周围溅起、冒泡，不谙原文的人简直无法相信他们是在读西塞罗的文字。这也难怪！紧跟另一位个人的文字绝非易事……在翻译中毫发无损地保存精妙和典雅，是一项艰巨的任务。某个字有力地表达某个想法；我没有自己的字来传达那个意思；而为了符合那个意思，我可能要绕着走一大圈，却只完成了旅程的一小段。接着，我们必须把翻译过程中的得失、具体情况的各种变化、不同的修辞手段，以至该语言特殊的、也不妨说地道的习语等等，都考虑在内。直译听起来似乎很荒唐；另一方面，如果我必须改变次序或文字本身，我又会觉得自己似乎放弃了译者的职责。（W·H·弗里曼特尔译，1892）

这段自我辩解的瞩目之处，是哲罗姆唯恐读者不理解文学翻译是一项多么艰巨的任务。他在同一篇序言稍后宣称，我们在翻译中读到的，将必然是原作的贫化版。

如果任何人以为语言的典雅在翻译中不会受损，那就让他把荷马逐字译成拉丁语吧。我要进一步说，如果他用散文形式把这位作者的作品译成他自己的语言，则词序将会显得荒诞不经，而这位最雄辩的诗人将差不多变成哑巴。

应付翻译中这种固有的不可能性的最佳途径是什么呢？对哲罗姆来说，无疑是有办法处理的，诚如他已在不同译著的序言中一再阐述过的。三九五年，他在致帕马丘斯[①]的信中援引西塞罗，来肯定唯一恰当的翻译是

……保留意义，但要通过改动隐喻和文字来改变形式，以适合我们自己的语言。我不觉得有必要逐字直译，但我再现了总体风格和重点。

在同一封信稍后，这回他援引埃瓦格里乌斯[②]——我们必须假设哲罗姆是在回答批评者，假设有许多批评者和吹毛求疵者——并顽强地宣称："从一种语言到另一种语言的直译会使意义变得晦涩。"如果不直译会使翻译者变成该书的共同作者，那也没关系。"事实是，"哲罗姆在优西比乌斯译本序言中说，"我解除了译者的一部分职务，又解除了作家的一部分职务。"

把这个问题置于当代脉络中考虑，仍然充满勇气且意义重

① Pammachius（约卒于 409 年），罗马参议员。
② Evagrius（345—399），小亚细亚基督教神秘主义者。

大。译者应获得多大程度的授权，用正在译成的语言去改写——也即再创造——原著的文本？如果逐字直译的忠实性与在新语言中保留高度的文学价值是不可兼容的，那么，一个负责任的译本的自由程度应去到哪里？译者的第一个任务是消除文本的外国性，并根据新语言的准则来改写吗？没有一位严肃的译者不被这类问题困扰：像古典芭蕾舞，文学翻译是一种带有各种不切实际的标准的活动，即是说，这些标准是如此严苛，以致注定要使有抱负的译者感到不满意，一种难以臻至之感。像古典芭蕾舞那样，文学翻译是一种保留剧目的艺术。被视为重要的作品，总是定期被重演——因为改写本现在看起来似乎太自由，不够准确；或译本被认为包含太多谬误；或文风似乎已过时，尽管该译本的文风在当时的读者看来似乎是透明的。

舞蹈者所受的训练，是要努力达到那个并非完全异想天开的完美目标：堪称典范的、没有错误的表达。在文学翻译中，由于必须回应繁复多样的需要，故只有更好的译本，而没有完美的译本。按定义，翻译总是伴随着原作丧失若干实质。所有译本迟早都会暴露其不完美，最终被看作是临时译本，就连最堪称典范的译本也是如此。

·

圣哲罗姆做的是把希伯来语和希腊语翻译成拉丁语。拉丁语当时是一种国际语言，并且在后来几百年间也依然是国际语言。

　　我现在用一种新的国际语言作这次演说，估计它是三亿五千多万人的母语，并成为世界各地千百万人的第二语言。

　　此刻我在英国，而英国是我发表这篇演说和我写作的语言的诞生地。我将持一种简单的观点，也即我们不是像一句老俏皮话所形容的那样，被一种共同语言分割。而在我国，我们并不是把我们大多数人所讲的语言称为"美语"（尽管我的著作法译本的标题页都注明"译自美语"）。但是，美国有些人显然不明白为什么他们把它称作英语。

　　几年前我一位英国朋友，一位带浓厚牛津剑桥腔的作家，带着妻子和十多岁的女儿们第一次访美，他们相信充分体验美国的最好办法是租一辆汽车到全国各地跑，从纽约至加州。某个大汗淋漓的夏日，他们在艾奥瓦州某地的一个加油站停车，在与那个孤独的加油工人闲聊了一会儿之后，加油站工人问我的朋友："你们是从哪里来的？""英国，"我的朋友回答，心里很想知道那样回答会引起什么反应。"难怪，"加油站工人大呼。"作为外国人，你的英语讲得实在棒。"

　　当然，我们大多数人都知道为什么它被称作英语。我国文学的历史只不过二百余年，它是用你们有千年历史的语言写的，这实在是它的荣幸。

　　每天我坐下来写作时，都会惊叹我有幸使用的这种有千年历史的语言之丰富性。但英语给予我的自豪感，不知怎的，竟与我意识到的另一种语言特权闹不和：我用来写作的英语，是一种原则上人人都不得不——都渴望——明白的语言。

虽然莎士比亚所用于写作的这种语言，似乎已经与我是其公民的那个庞大而独一无二的超级大国的世界主导地位分不开，但是它最初崛起成为国际性的交际语却是偶然的。其中一个关键时刻（我相信）是二十世纪二十年代英语被采纳为国际民航语言。为了使飞机安全地环行，那些驾驶飞机的人和那些指示他们飞行的人，必须有一种共同语言。一名意大利飞行员在威尼斯着陆时，用英语与控制塔通话。一名奥地利飞行员着陆那不勒斯时，用英语与控制塔通话。它还制造了一种啧啧怪事，就是一架意大利飞机从那不勒斯飞往巴勒莫，一名瑞典飞行员从斯德哥尔摩飞往马尔摩，一名巴西飞行员从圣保罗飞往里约——都得用英语与控制塔通话。我们已把这种现象视为理所当然。

更强大的，我想也是更决定性的，是电脑——另一种运输形式：精神运输——的普及要求有一种主导性的语言。虽然你的介面上的指示所用的语言可能是你的本国语，但是当你上网和使用搜寻引擎——即是说，在电脑上作国际环行——就要求你懂英语。

英语已成为一种统一了各种语言差异的共同语言。印度有十六种"官方语言"（实际上，还有更多方言），有鉴于印度目前的构成和多样性，包括有一亿八千万穆斯林，印度绝不可能同意譬如说以主要语言印地语作为全国性的语言。可以成为全国性语言的语言，恰恰不是本国语，而是征服者的语言，殖民时代的语言。正因为它是外来的、异国的，它才可以成为一个永久地多样化的民族的统一语言：所有印度人可能共通的唯一语言不仅是英语，而且必须是英语。

电脑只是加强了英语在我们这个印度式世界的显著地位。无疑，我们时代最有趣的语言现象是，一方面很多弱势语言——即是说，人数非常少、与世隔绝、贫困的民族所讲的语言——消失，另一方面英语取得独一无二的成功，具有地球上使用的其他语言与它不可同日而语的地位。英语现时正透过以英语主导的媒体——这意味着，那是使用以带美国腔的英语的媒体——和由于商人和科学家都需要用一种共同语言沟通，而在世界每个地区继续发展。

我们生活的这个世界，在很多重要方面既深陷于最陈腐的民族主义，又深陷于激进的后民族状态。贸易壁垒的基本特征可能会消失，货币可能会变成多国货币（像美元，它是几个拉美国家的货币，当然还有欧元）。但是我们生活中有一个无法消除的特征，它把我们根植于古老的边界，这些边界对先进资本主义、先进科技和先进帝国霸权（美式的）构成重重阻碍。这个特征就是：我们讲如此多不同的语言。

因此需要一种国际语言。而除了英语，有哪种语言更能胜任这个角色呢？

英语的全球化已对文学的运气——即是说，翻译的运气——产生可感知的影响。我猜，如今翻译成英语的外国文学作品，尤其是来自被视为较不重要的语言的外国文学作品，要比譬如二三十年前少了。但用英语写的书被翻译成外语，则多得多。如今，相对于二十、三十、五十年前，外国长篇小说上

《纽约时报》畅销书榜，是极其罕见的。昆德拉[①]、加西亚·马尔克斯[②]、兰佩杜萨[③]、帕斯捷尔纳克和格拉斯[④]等人的著名小说，在美国曾是畅销书。在五十余年前，托马斯·曼[⑤]的《浮士德博士》曾雄居畅销书榜第一位——这在今日是难以设想的。

·

人们常常理所当然地认为，一个译本的目标是使作品"听上去"就如同译文是用被译成的语言写的。

由于翻译不只是一项每个民族都在做的活动，而且受制于民族传统，因此在某些国家要求尽可能消除外国性的痕迹的压力，会比在另一些国家大。法国尤其有一个强大的传统，就是把翻译作为改写，宁愿牺牲对文本的严格忠实。当我指出我某一本书的译本存在着极其明显的不准确时，我的法国出版商常常告诉我："对，没错……但在法语里读起来蛮好的。"当我听说我的书或别人的书因译者的努力，如今在法语里读起来蛮好的时候，我就知道那本书已根据当代法国散文现行的约定俗成的做法（通常不是最严谨的做法）而被改动过了。但是，由于我的散文在英语中，其节奏和遣词造句并非总是按约定俗成的

---

① Milan Kundera（1929— ），捷克裔法国作家。
② Garcia Marquez（1927—2014），哥伦比亚小说家。
③ Giuseppe Lampedusa（1896—1957），意大利作家，著有长篇小说《豹》。
④ Gunter Grass（1927—2015），德国小说家和社会批评家。
⑤ Thomas Mann（1875—1955），德国小说家。

来写，因此我敢肯定这风格并没有被译进法语。被译成法语的，只是感觉——并且只是部分感觉（因为在我看来感觉似乎主要是与我的散文中异样的东西联系在一起）。

对认为译者的工作是完全重写作品，以适合新语言的精神这一翻译理念——被哲罗姆如此有力地阐述过——首次提出批评并且也许依然权威的批评的，是德国新教神学家弗里德希·施莱尔马赫（1768—1834）写于一八一三年的那篇伟大的随笔《论翻译的不同方法》。

施莱尔马赫辩称，"读起来蛮好"不是翻译优点的主要标准，但他的意思当然不是指所有翻译，而仅指文学翻译——也即被他很动人地称为涉及"语言的神圣严肃性"的翻译。至于文学翻译以外的，他写道：

> ……由于各民族的混合在我们时代似乎比以前更广泛，到处都是市场，而市场存在着各种谈话，不管是社会、文学或政治的谈话，它们实际上不属于译者的领域，而只是解释者的领域。（安德烈·莱菲弗译）

对施莱尔马赫来说，翻译——远远不只是服务商业、服务市场——是一种复杂的必要性。它有一个固有的价值，就是跨越语言边界，使一个重要的文本广为人知。另一个价值是把某种与我们所知不同的东西，也即与外国性本身联系起来。

对施莱尔马赫来说，一个文学文本不只是其感觉。它首先是用来写它的那语言。而由于每个人都有一个核心身份，因此每个人本质上只有一种语言。

　　就像一个人必须决定属于某个国家，他也必须依附一种语言，否则他将没有方向地飘浮在一个不愉快的中间地带的上空。拉丁语哪怕是现在也依然被我们当成一种官场语言来写，是有其道理的，因为这样才能够继续保存一种意识，意识到它是我们祖先做学问的语言和神圣的母语，同样的情况也发生在欧洲共同经济的领域，也是有其好处的，这样才能够使通商更容易；但是，在那种情况下，它的成功也只达到某个程度，其表述都只是为了那个目标，至于你自己的见解和你综合各种目标的方式，则没有什么价值。

不妨用英语替代拉丁语，再把它置于施莱尔马赫论述的脉络中：他对拉丁语作为一种方便泛欧洲（读成全球）的技术和科学交流所需的泛欧洲（读成全球）的语言的赞赏，是极端保留的。由此我们可以看到，他对这语言作为主观的也即文学的表达的媒介并不寄予多少期望。

在具体实践的问题上，施莱尔马赫的立场刚好与哲罗姆相反，宣称译者的首要职责是尽可能贴近原文，并知道译文恰恰是要作为译本来读。把一本外国书本土化，等于是使外国书最有价值的东西丧失殆尽：该语言的精髓，造就该文本的神韵。因此，如果一个从法语或俄语翻译成德语的译本读起来就像用德语原文写的，则德语读者将被剥削了解异质性的权利，而异质性恰恰来自阅读某些读起来像外国的东西。

民族身份认同这一理念就像一个框架，语言的个别性围绕着该框架黏附，哲罗姆与施莱尔马赫之间的立场的分歧是由民族身份认同这一理念的分歧造成的。对哲罗姆来说，讲另一种语言并不是成为另一种人。哲罗姆生活的世界，在很多方面与我们没有什么不同，是显著地跨国性或国际性的。对施莱尔马赫来说，讲另一种语言是变成最深刻意义上的不本真。他写道：

> ……翻译得仿佛是作者在用译本的语言写原著，这个翻译目标不仅无法达到，而且本身就是不存在和虚无的，因为语言的塑造力与一个民族独具的特征是一体的，任何人认识到这点，就必须承认每一个最卓绝的人都是在语言中和通过语言获取他的知识，以及在语言中和通过语言获取表达这知识的可能性，因此也必须承认任何人都不是机械地、仿佛被绑着似的依附他的语言……以及承认任何人都不能在思考时按自己喜欢的方式，像轻易地以几匹共轭马替换另几匹共轭马那样改变语言，反而是大家都只能以自己的母语生产原著作品，因此，诸如他怎样以另一种语言写作这样的问题，甚至连提都不应提出来。

施莱尔马赫当然不是否认存在着用超过一种语言来讲和写的能力，而是假设大家都有一种"母语"，因而一个人与他可能讲甚或用来写诗和用来理性地思考的其他语言的关系，在一定程度上将不是"有机"的——"有机"是那个时代人们爱用的一个隐喻。显然，这是一个意识形态立场：很多人都是掌握双语的，以至多语的。例如在意大利，一个人不仅可以讲托斯卡纳方言（所谓的意大利语），而且可以讲那不勒斯方言或罗马涅方言①。在魁北克，有知识的人都能同时讲法语和英语。在旧时的奥匈帝国，现时被称为奥地利、捷克共和国、罗马尼亚和匈牙利的那些国家中大多数有教养的人，每天都讲至少两种语言，有时是三种语言。显然，施莱尔马赫的立场不只是描述性的立场。（他最深刻的关注，与他关于国家地位和民族地位的观念有关。）在施莱尔马赫看来，不是说一个人不能，而是说不应同等使用两种语言。所谓的不本真，是假设一个人可以像栖息于自己的语言中那样自如地栖息于另一种语言。

·

但是，一个人可以本真地讲不止一种语言吗？

施莱尔马赫的问题继续回响。掌握第二语言到底是什么意思？

我一些长期住在日本（大多数与日本配偶住在一起）的美国和英国友人告诉我，日本人一般都带着极大的怀疑甚至些许敌意看待那些能够讲日语而又不出错的外国人。但是，随着日本继续接受和承认外国人存在于日本人中间不是一种怪现象或

---

① Romagnolo，指意大利行政区艾米利亚-罗马涅（Emilia-Romagna）的方言。

不幸或对日本民族精华的掺杂，这种偏见很有可能会慢慢消失。

在另一端，一个涉及达到完美掌握一种第二语言——碰巧是英语——的较新近的例子，为我们提供了一个完美的施莱尔马赫式的不本真的场景。我想说的是价值数十亿美元的软件业中的一门蓬勃发展的生意，它现在对印度经济变得非常重要。有这么一些电话咨询服务中心，雇用了成千上万年轻男女，他们负责向打1—800电话号码（也就是美国到处都有的免费拨打电话号码）的人士提供技术协助或处理预订事宜。这些全都已经会讲英语的年轻人成功地竞争到电话咨询服务中心这些令人垂涎的职位，以及完成了专门为消除印度腔英语而设计的艰巨的课程（很多人被淘汰），而他们的报酬按印度办公室工作的标准可谓丰厚，尽管当然远远不及国际商用机器公司、美国运通信用卡、通用电气公司、达美航空公司和那些连锁酒店和餐馆付给做该份工作的美国人——仅这个理由就足以使愈来愈多的这类任务被"外包"。还有，实际情况似乎是，印度人把这些任务完成得更出色，更少错误，而这是不奇怪的，因为他们实际上全都拥有大学学位。

一个个电话，都是由在班加罗尔或孟买或新德里的办公大楼宽敞的办公室里工作的年轻印度人回答的，他们坐在一排排小隔间里（"嗨，这是南希。您需要帮忙吗？"），每个人都配备一台电脑，它们使他们点击几下就可以调来与预订相关的资料，与快捷畅顺的公路路线资料相关的地图，以及天气预报等等。

南希，或玛丽·洛、贝蒂、莎丽·珍、梅甘、比尔、吉姆、瓦利、弗兰克——这些兴高采烈的声音都必须先接受指导员和录音带的数个月训练，以掌握美国中产阶级（而不是有教养的美国人）的腔调，以及学习基本的美国俚语、非正式习语（包括地区性的习语）和简易的大众文化指涉（电视人物和主要情景喜剧的情节和主角、多厅电影院最新的卖座电影、棒球和篮球比赛的最新得分，诸如此类），以便在与美国顾客的通话时间拖长时，这些闲聊不至于使他们结结巴巴，以及有办法继续扮成美国人而不被觉察。

为了做到这点，就要让他们装得自己也觉得自己像美国人。他们被指定使用美国姓名和他们的美国身份的简略生平：出生地点和日期，父母的职业，有多少兄弟姐妹，宗教教派（几乎总是新教徒），中学，最喜爱的体育运动，最喜欢的音乐类型，婚姻状况，诸如此类。如果被问到他们在哪里，他们也都有答案。例如，如果客户是从佐治亚州萨凡纳打电话来预订佐治亚州梅肯一家酒店的房间，并询问从萨凡纳驾车往梅肯的最快捷途径，接线员可能就会说她或他在亚特兰大。若是泄漏了他们是在印度的班加罗尔，则那位假南希或假比尔就会立即被炒鱿鱼。（管理人员会例行地、不被觉察地监听所有电话。）当然，这些年轻人实际上都从未离开过家乡。

"南希"或"比尔"可愿意做真南希和真比尔？他们几乎都表示——有人采访过他们——愿意。他们想不想来通常整天都讲带美国口音的英语的美国？他们当然想。

．

我们关于文学（因此也是关于翻译）的理念，必然是反应性的。在十九世纪初，为民族文学和民族语言的特殊性（那特别的"精粹"）而大声疾呼似乎代表进步。十九世纪民族国家的地位，还因为当时人们意识到已产生一批伟大的"民族"作家而得到加强——在诸如波兰和匈牙利这样的国家，这些作家通常是诗人。确实，民族理念在欧洲小国带有一种特殊的自由意志论的音调，这些欧洲小国仍生存于一个帝国系统的范围内，但已在朝着民族国家的身份的方向迈进。

关注文学中体现的语言的本真性，是对上述新理念的一种反应，并导致强烈提倡方言写作或所谓的地区语言写作。对民族身份这一理念的另一种完全不同的反应，是歌德的反应，他也许是第一个思考世界文学这一方案的人，并且是在十九世纪初，也即民族身份这一理念被视为最进步的时候。

歌德提出一个如此超前的概念，看似令人吃惊。但是如果我们考虑到他不仅是拿破仑的同代人，而且他本人在不少方案和理念方面也是一个拿破仑式的人物——这些方案和理念可以说是拿破仑帝国在知识领域的对等物——则我们就不会那么奇怪了。他的世界文学理念，令人想起拿破仑的欧洲合众国的理念，因为歌德所谓的"世界"其实是指欧洲和新欧洲国家，这些国家的越境文学交通已颇繁忙。依歌德看，民族语言的尊严和特征（与对民族的肯定紧密相连）完全可以跟世界文学的理念兼容，因为世界文学的理念是一个世界读者的概念：读翻译文学。

后来，在十九世纪，文学中的国际主义或世界主义在强国中已变成更进步的概念，带有自由意志论音调的概念。进步将是文学从"地方"到"民族"到"国际"的自然发展。世界文学的概念在二十世纪的大部分时间内广为流传，带着反复出现的梦想——梦想有一个国际议会，所有民族国家都平起平坐。文学将是这样一个国际系统：它为翻译创造一个甚至更大的角色，使我们都可以读彼此的著作。英语在全球的扩散，甚至可以被视为朝着把文学变成一个真正世界性的生产和交流系统的方向迈出根本性的一步。

但是，诚如很多人指出的，全球化这一进程，给构成人类全部人口的不同民族带来极不均衡的益处，而英语的全球化则没有改变对民族身份产生偏见的历史，而这造成的其中一个结果，是某些语言——以及以这些语言生产的文学——总是被认为比另一些语言更重要。一个例子。马查多·德·阿西斯①的长篇小说《布拉兹·库巴斯的死后回忆》和《堂卡斯穆罗》与阿努伊齐奥·阿塞维多②的《贫民窟》③，是十九世纪末写于任何地方的三本最好的小说，但是如果它们不是巴西人的葡萄牙语作品，而是用德语或法语或俄语写的，则它们肯定会像十九世纪末的某部文学杰作现时可以享有的声誉那样出名。又或者

---

① Machado de Assis (1839—1908)，巴西诗人和小说家。
② Aluisio Azevedo (1857—1913)，巴西小说家。
③ 又译为《经济公寓》。

如果它们是用英语写的。（这不是一个大语种对小语种的问题。巴西显然不缺乏人口，而葡萄牙语是世界上第六大最广泛使用的语言。）我必须立即补充说，这些无与伦比的小说，都已被出色地译成英语。只是，某个有修养、某个期待获得只有小说才能带来的那种销魂的人，仍未——至少仍未——觉得需要读它们。

古老的《圣经》时代的形象表明，我们生活在以语言作为象征的差异中，这些差异层层叠着——如同弗兰克·劳埃德·赖特①所梦想的一英里高的公寓大楼。但是普通常识告诉我们，我们的语言分散不可能是一座塔。我们这分散成众多语言的地理，与其说是垂直的，不如说是水平的（或看起来如此），有着众多的河流和群山和深谷，以及环绕着大陆的浪涛轻拍的海洋。翻译即渡海，把我们带到对岸。

但是，也许这个形象有一定道理。一座塔有很多层，塔的众多住户一个个层层叠着。如果巴别塔像其他塔的话，那么较高层的便是较被觊觎的。也许，某些语言整整占了最高那几层，有大房间和居高临下的大阳台。其他语言及其文学产品则屈居下层，天花板低，视野被阻挡。

在哲罗姆之后约十六个世纪，但在施莱尔马赫那篇关于翻译的里程碑式文章之后仅一个世纪多一点儿，又有了在我看来是关于译者的工程和职责的典范性反省的第三篇文章。这就是瓦尔特·本雅明写于一九二三年的一篇叫做《译者的任务》的

---

① Frank Lloyd Wright (1867—1959)，美国著名建筑师。

文章，也是他翻译的波德莱尔的《巴黎风光》①的译序。

在把波德莱尔的法语译成德语时，他告诉我们，他不想把波德莱尔译得听上去好像是用德语写的似的。相反，他的职责是保留德语读者可能会有的某种不同的感觉。他写道：

> 所有译本都只是接受语言的外国性的某种临时方式……说一个译本，尤其是与原文同时代的译本，读起来像用原文写的，并不是对该译本的最高赞美。（哈里·索恩译）

翻译所提供的机会，并不是一个防守的机会：对译者自己的语言的现状进行保存和防腐。相反，他辩称，这是一个让外语影响和修改译入语的一个机会。本雅明宁可选择能揭示外国性的译本的理由，与施莱尔马赫的理由是大不相同的。这不是因为他希望推广个别语言的自主权和完整性。本雅明的思维，与任何民族主义的纲领截然相反。这是一种形而上的考虑，它源自他关于语言的本质的理念，根据这个理念，语言本身要求译者努力施展其才能。

每一种语言都是语言的一部分，而语言大于任何一种语言。每一部文学作品都是文学的一部分，而文学大于任何一种语言的文学。

---

① "巴黎风光"，又译"巴黎风貌"，是波德莱尔诗集《恶之花》的其中一组诗。

我试图用这些话支持的，大致就是上述观点——把翻译置于文学事业的中心。

这就是我们如今所理解的文学的本质——而我相信这是正确的理解——也即为各种各样和必然是不纯粹的动机而流通。翻译是世界文学的流通系统。而我认为，文学翻译尤其是一项伦理任务，而且是一项反映和复制文学本身的角色的任务，这角色就是扩大我们的同情、教育我们的心灵、创造内向、确保和加深这样一种意识（连同其所有后果），也即其他人、其他不同于我们的人，确实是存在的。

·

我成长于美国西南部，我现在的年纪使我在成长过程中认为有一种用英语写的叫做文学的东西，而美国文学是一个分支。在我孩提时代，对我最重要的作家是莎士比亚——作为一种阅读经验的莎士比亚（实际上是一种大声朗读的经验），开始于我八岁时获赠一本有精美插图的查尔斯·兰姆①的《莎士比亚戏剧故事集》；我阅读兰姆的故事和阅读许多莎士比亚戏剧，四年后我才实际观看舞台上的莎士比亚戏剧和观看由莎士比亚戏剧改编的电影。除了复述的或直接阅读的莎士比亚戏剧，还有"小熊维尼"②、《秘密花园》③、《格利佛游记》、勃

① Charles Lamb（1775—1834），英国散文家。
② 美国作家A·A·米尔恩的儿童文学作品《小熊维尼》的主角。
③ 美国女剧作家F·E·伯内特的剧本。

朗特姐妹（最先是《简·爱》，然后是《呼啸山庄》）、《教堂和家灶》①、狄更斯（先是《大卫·科波菲尔》和《圣诞欢歌》，然后是《双城记》）和许多史蒂文森（《绑架》、《金银岛》、《化身博士》），还有奥斯卡·王尔德的《快乐王子》……当然还有美国文学作品，像爱伦·坡的故事集、《小妇人》②、杰克·伦敦的小说和《拉蒙纳》③。但是，在那个遥远的、依然引人深思地高雅的、文化上崇英的年代，我所读的书大多数来自别处，某个更古老的别处，例如那远方的、令人激动地充满异国情调的英国，似乎是十分正常的事。

当"别处"变大，当我的阅读——当然，永远是英语——逐渐包括并非用英语原创的奇妙的书，当我进而阅读世界文学，这个过渡几乎是难以觉察的。大仲马、雨果，一个接一个……我知道我如今在读的，是"外国"作家。我那时并没想到要思考使我阅读这些更令人敬畏的书成为可能的那个中介。（问：谁是十九世纪最伟大的俄国作家？答：康斯坦丝·加尼特。④）要是我在我阅读的托马斯·曼或巴尔扎克或托尔斯泰的某部小说中遇到一个笨拙的句子，我并不会想到要去探究该句子在德语或法语或俄语原文中是否同样笨拙，或怀疑该句子可能是"劣"译。对我那年轻的、开始阅读的心灵来说，根本不存在坏译本这种事情。只有译本——它们为我破译别的情况

---

① 英国作家里德（Charles Reade, 1814—1884）的小说。
② 美国小说家奥尔科特（L. M. Alcott, 1832—1888）的小说。
③ 美国女作家 H·H·杰克逊的小说。
④ Constance Garnett（1862—1946），英国女翻译家，几乎翻译了全部的十九世纪俄国伟大小说家们的作品，总数达八十余部。

下我不可能接触到、不可能拿在手里或默记心中的书籍。就我而言，原著与译本是同一回事。

我第一次向自己提出译本差的问题，是我十六岁开始在芝加哥看歌剧的时候。我第一次手里拿着一个对照的译本——原文在左页（这时候我已略懂法语和意大利语），英译在右——而译本那公然的不准确委实令我吃惊和不解。（我要等到很多年之后，才明白为何歌剧歌词的文字不可直译。）除了歌剧，我在早年阅读翻译文学时从未问自己错过了什么。仿佛我觉得作为一位热情的读者，我的职责就是看透一个译本的失误和局限——就像我们重看一部心爱的电影时能够看透（或目光掠过）蹩脚的电影拷贝上的刮痕。翻译作品是一个礼物，对此我永远心怀感激。如果没有陀思妥耶夫斯基和托尔斯泰和契诃夫，我会是什么——而不是我是谁——呢？

我对于文学可以是什么的意识，我对文学作为一项志业的敬仰，以及我把作家的志业等同于行使自由——所有这些构成我的感受力的元素如果没有我从早年开始就阅读的翻译书，那将是难以想象的。文学是精神旅行：旅行到过去……旅行到其他国家。（文学是可以把你载到任何地方的运载器。）文学是在一个更好的标准的指引下，批评我们自己的现实。

一位作家首先是一位读者。我从阅读中建立标准，再通过这些标准来衡量我自己的作品，也正是根据这些标准我看到自己可悲地不足。我是从阅读——甚至早于写作——而开始成为一个群体——文学群体——的一部分的，该群体的作家中死者多于健在者。因此，阅读，以及有了标准，也就是与过去和与有别于我们的东西建立关系。阅读和有了文学标准在我看来也就是必不可少地与翻译文学建立关系。

论勇气和抵抗

奥斯卡·罗梅罗奖定调演说

容许我在数百万英雄之中，挑出不是一个而是两个，仅仅两个。他们是受害者——在数千万受害者中。

第一个：圣萨尔瓦多大主教奥斯卡·阿尔鲁尔福·罗梅罗，他于一九八〇年三月二十四日——二十三年前——穿着礼服在大教堂主持弥撒时被杀，原因是他"直言不讳地主张公正的和平，并公开反对各种暴力和压迫势力"。（我援引奥斯卡·罗梅罗奖的介绍，这个奖今天授予伊斯亥·梅纽钦。）

第二个：雷切尔·柯里，来自华盛顿州奥林匹亚的二十三岁大学生，她于二〇〇三年三月十六日——两个星期前——在加沙地带南部城镇拉法（那是毗邻埃及边境的加沙城镇）试图阻止以色列军队几乎无日不有的一次拆屋事件时被杀。她身穿明亮的霓虹橙色茄克衫，茄克衫上有"人盾"所用的、使自己容易被识别可能还使自己更安全的荧光漆条纹。柯里站在一名巴勒斯坦医生的屋前，那座房子是拆毁目标。柯里是拉法八名美国和英国"人盾"志愿者之一，她一直对着向她开来的一辆

"D-9"装甲推土机的司机用力挥手，并以扩音器向司机叫喊，接着跪在那辆超大型推土机的路径上……而推土机并没有放慢速度。

两位具有象征意义的牺牲者，被暴力和压迫势力所杀——他们向这些势力提出非暴力的、有原则的、危险的反对。

·

让我们从风险开始。被惩罚的风险。被孤立的风险。被打伤或杀死的风险。被轻蔑的风险。

我们在某种意义上都是士兵。对我们大家来说，打乱队形不是一件容易的事；我们都不敢以一种不同的效忠理念招惹被冒犯的大多数人的不满、谴责、暴力。我们都是在公正、和平、和解等标语的保护下，这些标语使我们加入一些志趣相投、尽管可能较小且相对无权势的社群，动员我们参加示威、抗议和公民抗命——但不是上阅兵场和战场。

与自己的部族步调不一致，踏出自己的部族、走进一个精神上更大但数目上更小的世界——如果疏离或异议不是你习惯的姿态或惬意的姿态，则这将是一个复杂而困难重重的过程。

藐视部族的见识是困难的，这种见识把部族成员的生命的价值，置于所有其他人之上。指出另一个部族的成员的生命与自己的部族的成员的生命一样有价值，将永远是不受欢迎的——将永远被认为是不爱国的。

效忠我们所认识的人、我们所看到的人、我们与之牢牢相连的人、我们与之同属——就像我们会的那样——一个恐惧的社群的人，总是更容易的。

让我们不要低估我们反对的东西的力量。让我们不要低估那些敢于对被大多数人的恐惧合理化了的残暴和压制提出异议的人可能遭到的报复。

我们是肉造的。我们可被刺刀戳穿，被自杀性炸弹袭击者炸得稀巴烂。我们可被推土机压碎，在大教堂内被枪杀。

恐惧使人们抱成一团。恐惧也使人们分散。勇气激发各个社群：一个榜样就可以带来勇气——因为勇气也像恐惧一样会传染。但是勇气，某些类型的勇气，也可孤立勇敢者。

原则的长期命运：尽管大家都自认有原则，但是当原则变成不方便时，原则往往会被牺牲。一般来说，一个道德原则会使一个人与公认的做法相悖。一旦该社群对那些挑战它的矛盾的人——那些希望一个社会切实维持它宣称要保护的原则的人——作出报复，这种相悖就会带来后果，有时候是不愉快的后果。

要求一个社会切实体现它宣称的原则，这是一种乌托邦的标准，因为道德原则与实际情况是矛盾的，并且永远如此。实际情况既不是全坏也不是全好，而是有缺陷、不一致、较差，并且永远如此。原则使我们为我们在其中行使道德的种种矛盾困境做点什么。原则使我们清洁我们的行为，使我们不容忍道德松弛、妥协和怯懦，使我们躲避烦乱：那种内心的秘密折磨，它告诉我们，我们正在做的事情是不对劲的，并建议我们最好干脆不去想它。

反原则者大呼："我正尽力而为。"所谓尽力，是指如果环境允许。

·

譬如说，原则是：压迫和羞辱整个民族是错的。有计划地剥夺他们的安身之所和适当的营养，摧毁他们的聚居地、生计、教育和医疗保健权利以及彼此结交的能力是错的。

这些做法是错的，不管是由什么挑动的。

总会有挑动。这点，也不应被否认。

·

在我们道德生活和道德想像的中心，是一个个抵抗的伟大榜样：那些说不者的伟大事迹。不。我不服从。

什么榜样？什么事迹？一个摩门教徒也许会抵抗多妻制的废除。一个反堕胎激进分子也许会抵抗使堕胎合法化的法律。他们也同样求助于宗教（或信仰）和道德，来反对公民社会的法令。我们可以诉诸一种授权我们蔑视国家法律的更高法律，利用它来替刑事罪行辩护，也可以利用它来替最崇高的正义斗争辩护。

勇气本身没有道德价值，因为勇气本身不是一种道德美德。恶棍、凶手、恐怖分子，都可能很勇敢。若要把勇气称作美德，我们还得加上一个形容词：我们说"道德勇气"——因为也存在不道德的勇气这东西。

抵抗本身也没有价值。是抵抗的内容决定其价值、其道德必要性。

譬如说：抵抗一场犯罪的战争。譬如说：抵抗对另一个民族的侵略和吞并。

再次：抵抗本身并没有固有的优越性。我们赋予抵抗的所有正当性，都依赖于抵抗者确实是在以正义之名行动。而行动的合理性，既不依赖如此断言者的美德，也不会因为如此断言者的美德而加强。它始终依赖对某一确实是不合理和不必要的事态的真实描述。

       ·

以下是我所相信的对一个事态的真实描述，而我是经过多年的没把握、无知和痛苦之后才认识到的。

一个受伤而可怕的国家——以色列，正经历其动荡的历史上最大的危机，这场危机是由以色列在打赢一九六七年阿以战争后夺取的土地上执行持续增加和增强移居点的政策造成的。历届以色列政府决定保留对西岸和加沙的控制，从而使他们的巴勒斯坦邻居无法拥有自己的国家。这个决定，在道德上、人情上和政治上，对两个民族都是一场灾难。巴勒斯坦人需要一个主权国家。以色列需要一个有主权的巴勒斯坦国家。我们这些希望以色列生存的人，不可以、不应该希望它不顾后果、不顾一切地生存。我们特别应该感激那些有勇气的以色列犹太人目击者、新闻记者、建筑师、诗人、小说家、教授等等，他们对生活在愈来愈残酷的以色列军事征服和移居吞并下的巴勒斯坦人所遭受的痛苦进行描述、记录、抗议和斗争。

我们应向由伊斯亥·梅纽钦在此代表的勇敢的以色列士兵致以最崇高的敬意，他们拒绝在一九六七年的边界以外服役。这些士兵都明白，所有移居点最终会被撤离。这些身为犹太人的士兵，恪守一九四五年至一九四六年纽伦堡审判设立的原则：也即，士兵没有义务遵守不公正的命令，那些违犯战争规则的命令——确切地说，士兵有义务不遵守那些命令。

拒绝在占领区服役的以色列士兵，并不是在拒绝服从某一具体命令。他们是在拒绝进入不合法的命令一定会被滥用的空间——即是说，他们在那里几乎肯定会被命令去采取继续压迫和羞辱巴勒斯坦平民的行动。拆毁房屋、拔光果林、用推土机铲掉乡村市场摊档、洗劫文化中心；而现在，男女老少平民遭枪击和杀害的事件几乎无日不有。以色列的占领愈来愈残暴，是无可争辩的事实。它占领前英属巴勒斯坦百分之二十二的土地，而这是巴勒斯坦人要立国的土地。这些士兵相信，一如我相信，必须无条件从占领区撤走。他们集体宣布，他们将不愿"为了控制、驱逐、饿坏和羞辱整整一个民族"而继续在一九六七年的边界以外作战。

这些拒绝者所做的事情——他们现在有一千多人，其中有二百五十多人进了监狱——并不等于就能告诉我们以色列人和巴勒斯坦人可以怎样缔造和平，除了坚持要求解散移居点。这些英勇的少数派的行动，并不能促进巴勒斯坦权力机构亟需的改革和民主。他们的立场不会缓和弥漫于以色列社会中的宗教偏见和种族主义，或减轻受侵害的阿拉伯世界恶毒的反犹宣传的传播。它也无法阻止自杀性炸弹袭击者。

它无非是宣布：够了。或：要有限度。耶什格武尔。

它提供了抵抗的榜模。抗命的榜样。而抗命总是会受惩罚。

我们之中，没有人承受过这些勇敢的士兵正在承受的，他们之中有很多人进了监狱。

此时此刻在这个国家谈论和平，只会被嘲笑（就像在最近的奥斯卡颁奖仪式上）、被骚扰、被列入黑名单（一个势力强大的连锁电台对"南方少女"乐队的禁播）；简言之，被斥为不爱国。

我们的"团结必胜"或"赢家通吃"的精神特质：合众国是一个把爱国主义等同于共识的国家。托克维尔①依然是迄今最伟大的美国观察家，他谈到这个当时崭新的国家存在着前所未闻的顺从，而过去这一百六十八年无非证实了他的观察。

美国外交政策巨大的新转变有时似乎令人觉得，举国上下对美国的伟大性的共识可能会激化为极端高调的必胜主义民族自大，最终将不可避免地通过像当前这样的战争宣泄出来。这些战争得到大多数人口的同意，他们已被说服相信美国有权——甚至有责任——支配世界。

---

① Alexis de Tocqueville（1805—1859），法国政治学家和历史学家。

．

    按原则行事的前驱式人物的一般做法，是声称他们是一次反对不公正现象的最终必胜的造反行动的先锋。

    但如果他们不是呢？

    如果邪恶确实是无可阻止的呢？至少在短期内是无可阻止的。而这个短期实际上可能是——实际上将是——非常漫长的。

    我对这些拒绝在占领区服役的士兵的敬意，强烈程度就像我相信现在距他们的观点得到广泛认同还需要很长时间。

    但是此刻——基于各种明显的理由——我所感佩的，是在知道难以改变明显的力量分配，知道难以改变一种宣称不是以和平之名而是以安全之名行动的政府决策那臭味熏天的不公正和残酷性的情况下，也仍然按原则行事。

    武力有自己的逻辑。如果你发动侵略而别人抵抗，那么，说服大后方相信战斗必须继续下去，是十分容易的。一旦军队到了那里，就必须支持他们。质疑究竟军队首先为什么要开到那里，就变得多余了。

    军队开到那里，是因为“我们”正被袭击或受威胁。至于我们可能先袭击了他们，这点并不重要。他们此刻正在还击，造成伤亡。他们的行为方式藐视“适当”的战争准则。他们的行为像“野蛮人”（这是我们在世界这部分对世界那一部分的人们的称呼）。而他们的“野蛮”或“非法”的行动，则成为发动新侵略的新理据。以及成为用各种新动力来压制或审查或控告那些反对政府的侵略行径的人士的新理据。

·

让我们不要低估我们正在反对的东西的力量。

对于几乎所有的人来说，世界是我们实际上无法控制的世界。普通常识和自我保护意识告诉我们，要适应我们无法改变的事情。

不难想像，我们有些人会被说服相信战争是合理和必要的。尤其是一场被描绘成实际上将促进和平或改善安全的小规模、有限度的军事行动；一场声称自己是在致力于解除武装——诚然，是解除敌人的武装——的侵略；然后，遗憾地需要调动压倒性优势的军力。一次正式宣称是解放的入侵。

战争中的每一次暴力，都被当成是一次报复而加以合理化。我们遭到威胁。我们在自卫。他们，他们想杀死我们。我们必须阻止他们。

进而：趁他们还没有机会执行他们的计划，我们必须先阻止他们。而既然那些想袭击我们的人躲藏在非作战人员之中，那么平民的生命就不能受到我们的蹂躏的豁免。

力量、财富、火力的悬殊，甚或人口的悬殊，都不重要。有多少美国人知道伊拉克的人口是两千四百万，其中一半是儿童？（美国的人口，你应该记得，是两亿九千万。）不去支持那些正受到敌人攻击的人，看来像是叛国。

在某些情况下，威胁也许是真实的。

在这类环境下，道德原则的担当者就像一个紧贴着行驶中的火车奔跑的人，高喊："停车！停车！"

火车会停吗？不，不会停。至少不是此刻。

火车上的乘客会受到感召而跳下车并加入地面那些人的行列吗？也许有些人会，但大多数人不会。（至少，要等到他们穿上一套全新的恐惧盔甲之后才会。）

"按原则行事"这一信念告诉我们，我们毋须考虑按原则行事是否合算，或我们是否能够指望我们采取的行动最终取得成功。

我们被告知，按原则行事本身就是一种善。

但它仍然是一种政治行为，因为你不是为自己这样做。你这样做，不是仅仅为了站在正确的立场上，或取悦你自己的良心；更不是因为你深信你的行动将达到目标。你抵抗是作为一种声援行为。声援有原则和抗命的社群：在此地，在别处。在现在，在将来。

梭罗[1]一八四六年为了抗议美国对墨西哥的战争而拒纳人头税，并因此坐牢。他的坐牢根本无法阻止战争。但这次惩罚最轻、囚禁最短（非常著名的，仅坐一夜牢）的事件引起的反响，从未停止过，它激励有原则的人继续在整个二十世纪下半叶和我们的新纪元抵抗不公正。二十世纪八十年代末要求关闭内华达试验基地（核武器竞赛的重要地点）的运动，未能达到

---

[1] Henry David Thoreau (1817—1862)，美国作家和哲学家。

其目标；该试验基地的运作，并未受到这场抗议的影响。但是这场运动直接导致远方的阿拉木图形成一场抗议运动，那里的抗议者最终成功地关闭了苏联在哈萨克斯坦的主要试验基地，而他们宣称内华达反核行动分子是他们的榜样，并声援内华达试验基地所在地的印第安人。

你的抵抗行动可能无法阻止不公平现象，不应成为你不采取行动去做你真诚而深思熟虑地认为符合你的社群的最佳利益的事情的借口。

所以：以色列成为压迫者，并不符合以色列的最佳利益。

所以：美国成为超级大国、有能力把自己的意志强加在它所选择的世界上任何一个国家身上，并不符合美国的最佳利益。

符合一个现代社群的真正利益的，是公正。

有计划地压迫和限制一个邻近的民族，这不可能是对的。以为杀人、驱逐、吞并、建造隔离墙——一切有助于导致整整一个民族成为从属者、使他们陷入贫困和绝望的手段——就可以给压迫者带来安全与和平，这肯定是错的。

一个美国总统似乎相信他获得成为地球总统的授权——并宣布不与美国站在一起的人是"恐怖分子"，这不可能是对的。

那些勇敢的以色列犹太人，热烈而积极地反对他们国家的现政府的政策，替巴勒斯坦人的苦难和权利说话，他们才是在捍卫以色列的真正利益。我们之中那些反对美国现政府之全球称霸计划的人，才是替美国的最佳利益说话的爱国者。

除了这些值得我们热烈地坚持下去的斗争外，还有一点很重要，就是我们必须牢记在政治抵抗方案中，因果关系是错综复杂的，且常常是间接的。所有斗争、所有抵抗都是——都必须是——具体的。并且所有斗争都会有全球性的反响。

如果不是在这里，也是在那里。如果不是在此刻，也是在不久之后。在别处和在此地。

向奥斯卡·阿尔鲁尔福·罗梅罗致敬。

向雷切尔·柯里致敬。

向伊斯亥·梅纽钦和他的战友们致敬。

文学就是自由

"和平奖"受奖演说

在保罗教堂，在各位听众面前讲话，接受这个在过去五十三年里由德国图书交易会授予如此多我所钦佩的作家、思想家和模范公共人物的奖项——就像我说的，在这个充满历史意义的地方和这个场合讲话，是一次当之有愧又深受鼓舞的经验。正因为如此，美国大使丹尼尔·科茨刻意缺席，反而使我感到更遗憾。在六月份宣布今年和平奖得主时，图书交易会邀请他出席我们今天这次聚会，但立即被他拒绝，这表明他更有兴趣于申明布什政府的意识形态立场和充满怨恨的反应，而不是代表他的——也是我的——国家的利益和声誉，履行正常的外交义务。

科茨大使选择不来这里，我猜，是因为我在报纸和电视访谈中以及在发表于杂志的短文中，批评美国外交政策的新的急转弯，尤其是侵占伊拉克。我想，他应该来这里，因为他在德国代表的那个国家的一个公民，有幸得到德国的一个重要奖项的表彰。

一位美国大使，有义务代表他的国家，整个国家。我当然不代表美国，甚至不代表反对布什先生及其顾问们的帝国计划的可观的少数派。我愿意想像自己只代表文学，某个文学的理念；和良心，某个良心或义务的理念。有鉴于由一个欧洲大国颁发的这个奖，在授奖理由中提到我充当两个大陆之间的"知识大使"的角色（不用说，这大使，是最弱的、仅仅是隐喻意义上的大使），我忍不住要就欧洲与美国之间那道著名的鸿沟提供若干看法，因为据说我的兴趣和热情弥合了这道鸿沟。

首先，它是一道——要继续被弥合的鸿沟吗？或者，难道它不也是一场冲突吗？对欧洲、对某些欧洲国家表示愤怒和轻视的言论，现时在美国的政治辞令中是颇为盛行的；而在这里，至少在这大陆西边的富国中，反美情绪则比任何时候都更普遍、更听得见、更激烈。这场冲突是什么？有深刻的根源吗？我想是有的。

欧美之间一直有潜伏的对抗，它至少像父母与子女之间的对抗一样复杂和矛盾。美国是一个新欧洲国家，而且直到最近数十年前，它的人口主要是欧洲人。然而，令最具洞察力的欧洲观察家亚力克西·德·托克维尔和戴·赫·劳伦斯吃惊的，永远是欧美之间的差异。托克维尔于一八三一年访问年轻的美国，回到法国后便撰写了《美国的民主》，这本书，在约一百七十年后，依然是关于我国的最出色的著作；劳伦斯在八十年前出版了有史以来关于美国文化的最有趣的著作，这就是他那本影响深远、令人恼火的《美国古典文学研究》。两人都明白，欧洲的孩子美国，正在成为或已经成为欧洲的对立面。

罗马与雅典。火星与金星①。这些对立，并不是最近那些宣传欧美之间将不可避免发生利益和价值冲突这一理念的通俗小册子的作者们发明的。外国人思考这些对立——而这些对立为整个十九世纪的大部分美国文学提供了调色板，提供了反复出现的旋律，从詹姆斯·弗尼莫尔·库珀②和爱默生③到惠特曼④、亨利·詹姆斯、威廉·迪恩·豪威尔斯⑤和马克·吐温⑥。美国的天真与欧洲的世故、美国的实用主义与欧洲的高谈阔论、美国的精力与欧洲的厌世、美国的幼稚与欧洲的犬儒、美国的好心与欧洲的恶意、美国的道德主义与欧洲的妥协技巧——你熟悉这些音调。

你可以像编舞一样以不同的方式编排它们，事实上在两百年的喧哗中，它们与每种评价或倾向都共舞过。亲欧派可以利用这些古老的对立，把美国归入被商业驱使的野蛮主义，而把欧洲归入高级文化；而恐欧派则采取一种现成的观点，认为美国代表理想主义和开放、民主，欧洲则代表衰微的、势利的精致。托克维尔和劳伦斯观察到更激烈的东西：不只是宣布独立，脱离欧洲、欧洲价值，而且是稳步地削弱、暗杀欧洲价值和欧洲力量。"不打破旧事物，你就永远没有新事物，"劳伦斯写道，"碰巧欧洲是旧事物。美国……应当是新事物。新事物

①　美国人与欧洲人思想方式如此不同，被称为来自不同星球。
②　James Fenimore Cooper（1789—1851），美国小说家。
③　Ralph Waldo Emerson（1803—1882），美国思想家、散文家、诗人，美国超验主义运动的主要代表。
④　Walter Whitman（1819—1892），美国诗人。
⑤　William Dean Howells（1837—1920），美国作家，批评家。
⑥　Mark Twain（1835—1910），美国作家，以语言幽默见长。

是旧事物的死亡。"劳伦斯预言，美国正肩负着摧毁欧洲的使命，其工具是民主——尤其是文化的民主、风尚的民主。他进而认为，一旦这个任务完成了，美国可能就会从民主转向别的东西。（那别的东西是什么，也许现在已有苗头了。）

请容忍我，如果我指涉的范围仅限于文学。毕竟，文学——重要的文学、必要的文学——的一个功能，是预言。显而易见，我们在这里存在的，是长久的文学——或文化——争吵：古人与今人之间的争吵。

过去是（或曾经是）欧洲，而美国则建立在与过去决裂的理念上，过去被视为阻碍、呆滞，和——就其讲究遵从和讲究级别高低的形式而言、就其衡量何谓更优胜何谓最好的标准而言——在根本上是不民主的；或用目前流行的同义词，是"精英"的。那些为美国必胜辩护的人继续宣称美国民主意味着拒绝欧洲以及，没错，拥抱某种开放的、有益的野蛮主义。如果今天欧洲被大多数美国人视为更社会主义而不是精英主义的话，那么按美国的标准，欧洲也依然是一个退步的大陆，冥顽地依附旧标准：福利国家。"日日新"不只是一个文化口号；它还描述一台不断前进的、把整个世界包括进去的经济机器。

然而，如果必要，就连"旧"也可以重新命名为"新"。

并非巧合的是，固执己见的美国国防部长试图在欧洲内部挑起不和——令人难忘地区分"旧"欧洲（坏）与"新"欧洲（好）。怎么德国、法国和比利时竟被发落为"旧"欧洲，而西班牙、意大利、波兰、乌克兰、荷兰、匈牙利、捷克共和国和保加利亚则突然变成"新"欧洲的一部分了呢？答案：支持美国当前的政治和军事力量的扩张，按定义便可跻身于较可取的"新"的类别。站在我们一边就是"新"。

所有现代战争，哪怕它们的目标是传统目标例如领土扩张或攫取稀有资源，都被说成是文明的冲突——文化战争——每一方都抢占有利地位并把对方形容为野蛮。敌人无一例外都是对"我们的生活方式"的一种威胁，都是异教徒、渎圣者、污染者，都是更高或更好的价值的糟蹋者。当前这场针对激进伊斯兰原教旨主义所构成的非常真实的威胁的战争，就是一个特别明显的例子。值得注意的是，同样的贬损性措词的较温和的版本，也被用来突出欧洲与美国之间的对立。同样需要记住的是，历史上在欧洲听到的最恶毒的反美辞令——主要包括指责美国人是野蛮人——不是来自所谓的左派，而是来自极右派。希特勒和佛朗哥都痛骂美国和全世界犹太人致力于以卑鄙的商业价值污染欧洲文明。

当然，大部分欧洲舆论继续称赞美国的精力，称赞美国版的"现代"。并且不用说，总有一些寻找欧洲文化理念的美国旅行者（站在各位面前的便是其中一个），他们觉得欧洲旧艺术是对美国文化中顽强的商业主义褊狭的纠正和解放。另外，也总有与这样的美国人对等的欧洲人：被美国迷住、被美国倾倒、被美国深深地吸引的欧洲人，而原因恰恰是美国不同于欧洲。

美国人所见，几乎总是亲欧派的陈词滥调的相反：他们觉得自己是在捍卫文明。野蛮游牧部落已不再是待在大门外。他们在里面，在每一个繁荣的城市内，正策划大浩劫。当那个具有"意志"的国家——而上帝站在它一边——从事一场针对恐怖主义（如今已经与野蛮主义合并）的战争时，"生产巧克力"的国家（法国、德国、比利时）都得靠边站。根据国务卿科林·鲍威尔的说法，"旧"欧洲（有时似乎只是指法国）竟然一心想在征服者的联盟所赢得的领土的统治和管理中扮演一个角色，简直荒诞不经。"旧"欧洲既没有军事资源，也没有暴力嗜好，也没有得到其娇惯的、都太过爱和平的人口的支持。而美国人则样样俱全。欧洲人都不狂热——或不好战。

确实，有时候我得拧自己一把，以确定我是不是在做梦：德国曾在近一百年中给世界带来如此的恐怖——这在一定程度上是新的"德国问题"——而现在我国很多人讨厌德国，竟是因为德国人反感战争，竟是因为德国大部分舆论现在实际上是和平主义的！

难道美国和欧洲不曾经是伙伴，曾经是朋友吗？当然是。但也许团结的时期——有共同感情的时期——确实是例外而不是常规。其中一个时期是从第二次世界大战一直到冷战初期，欧洲人都深深感激美国的干预、解救、支持。美国人很舒服地看待自己扮演的欧洲救世主的角色。可是美国会期望欧洲永远感激，而欧洲人此时此刻并不作如是想。从"旧"欧洲的观点看，美国似乎一心要糟蹋大多数欧洲人的赞赏——和感激。在二〇〇一年九月十一日的袭击事件发生后，欧洲人对美国的巨大同情是真心的。（我可以证明它在德国的无限炽热和诚挚；我当时正在柏林。）但接着便是双方愈来愈疏远。

这个历史上最富裕和最强大的民族的公民必须知道美国是

被人爱、被人羡慕……以及使人气愤的。到国外旅行的为数不少的人都知道，美国人被很多欧洲人视为粗鲁、土气、没教养，并毫不犹豫地以含有前殖民地居民的怨懑的行为来证明这类预期。一些似乎最喜欢访问美国或生活在美国的有教养的欧洲人，则居高临下地把他们的喜欢归因于一个殖民地的开放气氛，在这个殖民地里他们可以把"老家"的种种限制和高雅文化的重负抛诸脑后。我想起一位德国电影导演告诉我——当时他住在三藩市——他喜欢生活在美国，"因为这里没有任何文化"。对为数不少的欧洲人来说——包括不能不提的劳伦斯（"在那里，生活从根部冒出来，粗糙但生机勃勃，"他一九一五年打算移居美国时，在给友人的信中如此说），美国是一个伟大的逃避地。相反亦然：欧洲是一代代寻求"文化"的美国人的伟大的逃避地。当然，我这里说的只是少数人，享有特权的少数人。

因此，美国现在把自己视为文明的捍卫者和欧洲的救世主，搞不明白为什么欧洲人不懂这点；欧洲人则把美国视为一个鲁莽的尚武国家——美国对这种看法作出回应，把欧洲视为美国的敌人：用美国日益流行的辞令，就是欧洲人只不过是在佯装成和平主义者，以便进一步削弱美国的力量。法国尤其被认为是在搞阴谋，试图在决定世界事务时与美国平起平坐，甚至成为美国的老大——"必须使美国军事行动失败"是《纽约时报》一名专栏作家发明的标签，用来描述法国野心勃勃想独霸世界——却不明白一旦美国在伊拉克失败，就会（用同一名专栏作家的说法）鼓励"从巴格达到巴黎穆斯林贫民窟的穆斯林激进组织"投身于针对宽容和民主的圣战。

不让人们从两极分化的角度（"他们"与"我们"）看世界是困难的，而这些角度在过去曾加强美国外交政策中的孤立主义主题，一如它们现在加强帝国主义主题。美国人已习惯于把世界看成到处是敌人。别处总有敌人，如同战斗几乎总是"在那边"，只不过如今伊斯兰原教旨主义取代了俄国和中国共产主义，成为难以消除的、鬼鬼祟祟的威胁。而且，"恐怖主义者"是一个比"共产主义者"更有弹性的词。它可以与很多不同的斗争和利益结合起来。此中深意，乃是战争没有终结——因为永远有某种恐怖主义（就像永远有贫困和癌症）；即是说，永远有不对称的冲突，在冲突中较弱的一方使用这种暴力形式，通常是以平民为打击目标。美国的辞令不一定跟舆论合拍，却会支持这个不幸的前景，因为为正义而斗争是永不会终结的。

美国是一个其保守性使欧洲人觉得难以理喻的国家，它有一大天赋，就是精心构筑一种保守思维形式，来赞美新而不是颂扬旧。但这也意味着，就像美国有时候似乎极端保守——例如异乎寻常的共识力量和舆论、媒体的消极和顺从（就像托克维尔在一八三一年指出的）——却又是激进的，甚至是革命的，而这同样使欧洲人觉得难以理喻。

无疑，其中一部分谜团，在于官方辞令与活生生的现实之间的脱节。美国人不断赞颂"传统"；喋喋不休的家庭价值永远是每一个政客的话语中心。然而，美国的文化却是极其腐蚀家庭生活的，更确切地说，它腐蚀所有传统，除了那些被重新定义为"身份认同"然后纳入殊异性、合作和乐意创新之类的大图案的传统。

也许，新的（和不那么新的）美国激进主义的最重要来源，是曾经被视为保守主义价值的来源的东西：宗教。很多评论者已经指出，也许美国与大多数欧洲国家（旧的和新的，根据目前美国的区分）的最大差别，是宗教在美国的社会和公共语言中依然扮演一个中心角色。但这是美国式的宗教：与其说是宗教本身，不如说是宗教这个理念。

难怪，在二〇〇〇年乔治·布什竞选总统期间，当一位记者突然灵机一动，请布什列举他"最喜爱的哲学家"时，布什提供的很受欢迎的回答——这回答会使任何欧洲国家中任何一位竞选要职的中间派候选人成为笑柄——是"耶稣基督"。但是，布什的意思当然不是说——也不是要人们理解成——一旦他当选，他的政府就真的觉得需要受耶稣阐述的任何准则或社会方案约束。

美国是一个笼统的宗教社会。也就是说，在美国，你所信奉的是什么宗教并不重要，只要你有一个宗教。仅有一个主导宗教，甚至神权政治——那将会是基督教（或某一基督教教派）——是不可能的。在美国，宗教必须是可以选择的。这种现代的、相对无内容的宗教理念——依照消费者选择的思维建构起来的宗教理念——是美国的顺从主义、自以为是和道德主义（欧洲人往往居高临下地把它误为清教主义）的基础。不同的美国宗教实体无论宣称自己代表的是哪种历史信仰，它们全都鼓吹类似的内容：个人行为的改造、成功的价值、社群合作、容忍他人的选择（一切深化和便利消费资本主义运作的品德）。有宗教信仰这一事实本身，就可确保受尊敬、促进秩序，以及保证美国领导世界的使命有高尚意图。

现时散播的东西——无论是称为民主，还是自由，或者文明——是一个进步工程的一部分，也是进步本身的精髓。启蒙运动的进步之梦在世界任何地方都找不到像美国这样的乐土。

·

那么，我们真的如此迥然不同吗？多奇怪，在欧洲和美国在文化上从未如此相似的时刻，竟然有如此前所未有的分歧。

然而，尽管欧洲富国的公民的日常生活和美国人的日常生活有诸多相似之处，但是欧洲经验与美国经验之间的鸿沟却是实实在在的。这鸿沟建立在历史的重要差异、对文化角色的看法的重要差异、真实或想像的记忆的重要差异上。这种对立——因为确实存在着对立——是无法在短期内解决的，尽管大西洋两岸很多人都满怀善意。然而，当我们又确实有如此多共同点的时候，我们只能对那些想使这些差异极大化的人感到遗憾。

美国的独霸是一个事实。但是，一如本届政府开始看到的，美国不可能什么事都我行我素。我们这个世界——我们共同拥有的世界——的未来，是调和的、不纯粹的。我们不可能互相封闭。我们会日益浸透彼此。

不管我们可能达成的理解——和解——的模式是什么，最终都在于更多地思考那个古老的"新"与"旧"的对立。"文明"与"野蛮"的对立基本上是约定的,胡乱想它、胡乱议论它是有害的——不管它在多大程度上可能反映某些无可否认的现实。但"旧"与"新"的对立是实实在在的,无法消除的,是我们所理解的经验本身的中心。

"旧"与"新"是世界上一切情感和定向的两个长期存在的极。我们不能没有旧,因为在旧事物中包含我们所有的过去,我们所有的智慧,我们所有的记忆,我们所有的悲伤,我们所有的现实感。我们不能不相信新,因为在新事物中包含我们所有的活力、我们所有的乐观的容量,我们所有的盲目的生物渴望,我们所有的遗忘的能力——治疗的能力,它使和解成为可能。

内心生活倾向于不信任新。强大地发展的内心生活特别会抵抗新。我们被告知,我们必须选择——旧或新。事实上,我们必须选择两者。生命是什么,如果不是旧与新之间的一系列讨价还价?在我看来,我们似应时刻说服自己跳出这些死板的对立。

旧对新,自然对文化——我们文化生活的一个个伟大神话被当成地理而不只是历史来演绎,也许是不可避免的。但它们毕竟是神话,是陈规,是滥调,如此而已;现实要复杂得多。

我一生把不少时间和精力用于试图去除两极化的思维方式和对立的思维方式的神话。放到政治脉络中,这意味着赞成多元化和世俗化。像一些美国人和很多欧洲人一样,我更愿意生活在一个多边世界里——一个不是由任何国家(包括我自己的国家)独霸的世界里,可以在我们这样的世纪——一个看来将成为另一个由各种极端和恐怖构成的世纪——表达我对一整套社会改良原则的支持——尤其是支持弗吉尼亚·伍尔夫所称的"宽容所包含的忧伤品德"。

倒不如让我先以作家的身份，以文学事业的捍卫者的身份发言，因为只有在这里我才有发言权。

我身上的作家，不信任好公民、"知识大使"、人权积极分子——在授奖理由中提到的角色——尽管我致力于做好这些角色。作家比那个试图做（和支持）正确的事情的人，更倾向于怀疑，也更自我怀疑。

文学的一个任务，是对各种占支配地位的虔诚提出质疑、作出抗辩。哪怕当艺术不是对抗的时候，各种艺术也会受引力作用而朝着对抗的方向运动。文学是对话，是回应。文学也许可被描述为人类随着各种文化的演变和彼此互动而对活生生的事物和行将消亡的事物作出回应的历史。

作家可以为克服这些有关我们的隔阂、我们的分歧的陈腔滥调略尽绵力——因为作家是神话的创造者，而不只是传播者。文学不仅提供神话，而且提供反神话，如同生活提供反经验——那些使你以为你思考过、感觉过或相信过的东西变得混乱的经验。

我认为，作家是一个注意世界的人。意思是试图理解、吸收、联系人类做坏事的能力；且不被这种理解所腐蚀——被变得犬儒、肤浅。

文学可以告诉我们世界是什么样子的。

文学可以给出标准和传承知识，以语言、以叙述来体现。

文学可以训练和强化我们的能力，使我们为不是我们自己或不属于我们的人哭泣。

我们会是谁，如果我们不能同情那些不是我们自己或不属于我们的人？我们会是谁，如果我们不能忘记我们自己，至少有时候忘记？我们会是谁，如果我们不能学习？宽恕？成为我们以外的其他东西？

·

在接受这个光荣的奖项、这个光荣的德国奖项的场合，让我向你们讲一讲我的轨道。

我是波兰和立陶宛犹太裔的第三代美国人，生于希特勒上台前两周。我成长于美国外省（亚利桑那州和加州），远离德国，然而我的整个童年却被德国、被德国的兽性所困扰和被我所喜爱的德国书籍和音乐所萦绕。那些书籍和音乐为我建立崇高和强度的标准。

即使是在听巴赫、莫扎特、贝多芬、舒伯特和勃拉姆斯之前，我已读了一些德国书。我想到亚利桑那州南部一个小镇的一位小学教师斯塔基先生，他使学生们心生敬畏，因为他告诉我们，他曾在墨西哥参加潘兴①的军队，与潘乔·比利亚②作战：这位头发花白的早期美国帝国主义冒险活动的老兵，似乎被——译本中的——德国文学的理想主义所感动，并注意到我

---

① John Joseph Pershing（1860—1984），美国将军。
② Pancho Villa（1878—1923），墨西哥革命将军，原名 Doroteo Arango Arambula。

对书籍的饥渴，于是把他私藏的《少年维特的烦恼》和《茵梦湖》借给我。

不久，在我童年的阅读狂欢中，我有机会读到其他德国书①，包括卡夫卡的《在苦役营》，在该书中我发现恐惧和不公正。几年后，当我在洛杉矶读中学时，我在一本德国小说中发现整个欧洲。我生命中没有比《魔山》更重要的书——它的主题恰恰是欧洲文明核心的不同理念的冲突。如此等等，一生都浸淫于德国高级文化。由于我生活在文化沙漠里，因此这些书籍和音乐可以说是秘密经验，而继书籍和音乐之后，确切地说还有真实经验。因为我还是德国文化散居者的迟来的受惠者——我运气极好，对一些无与伦比地出色的希特勒难民颇熟悉。他们都是二十世纪三十年代美国接收的作家、艺术家、音乐家和学者，他们大大地丰富了美国，尤其是美国各大学。让我提一提我十八九岁和二十余岁时有幸引为朋友的两个名字，他们是汉斯·格特②和赫伯特·马尔库塞③；我就读于芝加哥大学和哈佛大学时教过我的克里斯蒂安·马考尔④、莱奥·施特劳斯⑤、保罗·蒂利斯⑥和彼得·海因里斯·冯·布兰肯哈根⑦，以及私人研讨班上认识的阿龙·古维奇⑧和纳胡姆·格

---

① "德国书"实应译为"德语书"，包括德国以外国家的德语书。但译成"德语书"又会使人误以为桑塔格读的是德语原文。
② Hans Gerth（1908—1978），德国裔学者。
③ Herbert Marcuse（1898—1979），德国哲学家和社会学家。
④ Christian Mackauer（1897—1970），德国裔历史学家。
⑤ Leo Strauss（1899—1973），德国裔美国政治学家。
⑥ Paul Tillich（1886—1965），德国裔神学家。
⑦ Peter Heinrich von Blacnkenhagen（1909—1990），德国艺术史家。
⑧ Aron Gurwitsch（1901—1973），立陶宛裔美国哲学家，在德国长大。

拉策①；以及我二十五六岁时迁居纽约之后结识的汉娜·阿伦特——如此多的严肃榜样，我真想在这里逐一回忆他们。

但我永远不会忘记我与德国文化、与德国的严肃性的遭遇，全都开始于籍籍无名的怪人斯塔基先生（我想我从来都不知道他的全名），他是我十岁时的老师，之后我再未见过他。

这使我想起一个故事，而我将以这个故事来结束这次演说——似乎颇合适，因为我原本就既不是文化大使也不是我自己的政府的热情批评者（这个任务是我以一位美国好公民的身份担当的）。我是个讲故事者。

就回头说我十岁时的故事吧，我当时通过研读斯塔基先生那两本破旧的歌德和施托姆②来稍微减轻学童种种烦人的负担。我说的时间，是一九四三年，当时我得知在本州北部有一个战俘营，关押着数以千计的德国士兵——我当然认为他们是纳粹士兵——而由于我知道自己是犹太人（尽管只是名义上，因为我家人是完全世俗化的，且已被同化了两代；而我知道，仅仅是名义上，对纳粹来说就已足够），我总是被一个一再出现的噩梦折磨着，在梦中纳粹士兵越狱，沿着本州南部逃跑，直奔我与母亲和妹妹居住的城市郊区的平房，要来杀我。

镜头闪前，在多年之后的二十世纪七十年代，我的著作开始由汉泽尔出版社出版，我结识了卓越的弗里茨·阿诺尔德（他于一九六五年进该出版社工作），他是我在汉泽尔的编

---

① Hahum Glatzer（1903—1990），德国裔文学研究者和神学家。
② H. T. W. Storm（1817—1888），德国诗人和小说家。

辑，直到他一九九九年二月逝世。

在我们最初结交时，有一次弗里茨说，他要告诉我——我猜，他假设这是我们之间可能建立友谊的先决条件——他在战争期间所做的事。我请他放心，他不欠我任何这类解释；但是，他提出这个问题，我当然很感动。我应补充说，弗里茨·阿诺尔德并非他那代德国人（他生于一九一六年）之中唯一在我们相识不久后坚持要告诉我他或她在纳粹时代做了什么的人。而且，并非所有故事都像弗里茨告诉我的那么清白。

总之，弗里茨告诉我，他是攻读文学和艺术史的大学生，先在慕尼黑，然后在科隆，这时战争爆发，他被征入伍，参加纳粹国防军，当一名下士。他的家人当然绝不是支持纳粹的——他父亲是《痴儿》杂志的著名政治漫画家卡尔·阿诺尔德——但移民似乎又绝不可能，于是他怀着恐惧接受征召入伍，希望不要杀人也不会被杀。

弗里茨是幸运儿之一。他幸运地被派驻罗马（在罗马，上级要委任他做中尉，但他拒绝了），然后派驻突尼斯；又幸运地继续留在后方，从未开过一枪；最后，幸运地——如果这是个恰当的词——在一九四三年被美国人俘虏，与其他被俘的德国士兵一起被送上船，横渡大西洋，来到弗吉尼亚州的诺福克，然后被送上火车，横越美洲大陆，在战争结束前一直待在战俘营里……在亚利桑那北部。

接着我高兴地告诉他，并惊奇地叹了一口气，因为我已开始很喜欢这个人了——这是一段伟大的友谊的开始，也是一段紧密的职业关系的开始——我告诉他，他在亚利桑那州北部当战俘时，我正在该州的南部，被那里——这里的纳粹士兵吓坏了，并且要逃避他们是不可能的。

接着弗里茨告诉我，使他能够在亚利桑那州的战俘营撑过将近三年战俘生涯的，是他获准看书：他用这几年时间阅读和重读英国和美国经典。而我告诉他，当我在亚利桑那州做学童，等待成长，等待逃入更广大的现实时，使我得救的，是看书，看翻译书和用英语写的书。

接触文学，接触世界文学，不啻是逃出民族虚荣心的监狱、市侩的监狱、强迫性的地方主义的监狱、愚蠢的学校教育的监狱、不完美的命运和坏运气的监狱。文学是进入一种更广大的生活的护照，也即进入自由地带的护照。

文学就是自由。尤其是在一个阅读的价值和内向的价值都受到严重挑战的时代，文学就是自由。

同时：小说家与道德考量

纳丁·戈迪默讲座

很久以前——那是十八世纪——文学和英语的一位伟大而古怪的捍卫者——那是约翰逊博士——在其《词典》序言中写道："每个民族的主要光荣都来自其作家。"

我怀疑，这个立论哪怕是在当时，也是异常的。而现在就更异常了，尽管我认为依然是真理。哪怕是在二十一世纪初。当然，我指的是永久的光荣，而不是转瞬即逝的。

常常有人问我，可有些什么是我认为作家应当做的，而在最近一次采访中我听见自己说："有一些。爱文字，为句子搜肠刮肚。还有注意这世界。"

不用说，这些快活的话刚脱口，我便想到另一些培养作家品德的秘诀。

例如："要严肃。"我的意思是：永不要犬儒。而这并不排斥有趣。

还有……如果你允许我再加一些："生在一个你肯定很有可能会被陀思妥耶夫斯基、托尔斯泰、屠格涅夫和契诃夫振奋和影响的时代，要多加小心。"

实际情况是，不管你对理想的作家有什么话要说，总有更多话可说。所有这些描述如果没有榜样，则只是纸上谈兵而已。因此，如果要求我举出一位可作为作家的榜样的健在的作家的名字，我会立即想到纳丁·戈迪默。

一位伟大的小说家既创造——通过想像力的行为，通过使人觉得无可替代的语言，通过生动的形式——一个新世界，一个独特、个人的世界，也回应一个世界，也即作家与其他人分享、但不为更多局限于自己的世界的人所知或为他们所误知的世界：就说它是历史、社会吧，随便你。

纳丁·戈迪默广泛、动人地雄辩和极其多样的作品，首先是描写人类种种处境的宝藏，这些处境就是一个个由人物推动的故事。她的著作把她的想像力带给我们，这想像力如今已成为她在各地的很多读者的想像力的一部分。尤其是带给我们这些不是南非人的读者一幅关于世界那一部分地区的广阔、广阔的画面。她是南非的本土人，并给予那地方如此细心、负责任的关注。

她在南非争取正义与平等的数十年革命性斗争中所持的堪称典范的、有影响力的态度，她对世界其他地方一场场类似的斗争产生的自然而然的同情——这些，已受到恰如其分的赞扬。当今的第一流作家，极少能够像纳丁·戈迪默那样，如此全心全意、如此精力充沛、如此勇敢无畏地完成一位有良知和具备非凡才智的作家可以承担的繁重的伦理任务。

但是，一位作家的主要任务当然是写得好。（以及继续写得好。既不枯竭也不卖光。）最终——即是说，从文学的观点看——纳丁·戈迪默并不是任何人或任何东西的代表，而只是她自己的代表。此外，就是文学的高贵事业。

不可让全心奉献的行动分子喧宾夺主，盖过全心奉献的文学仆人——无可匹敌的讲故事者。

写作即是知道一些事情。而阅读一位知道很多事情的作家，是何等的乐事。（如今，这已不是一种普通经验了……）文学，我宁愿说，就是知识——尽管即使在它最伟大的时候，也是不完美的知识。就像一切知识。

不过，即使是现在，即使是现在，文学也依然是我们的主要理解方式之一。而纳丁·戈迪默对私人生活的理解——对家庭纽带、家庭感情、爱欲力量的理解——以及对公共领域的斗争向一位严肃作家提出的种种互相冲突的要求的理解，是十分深刻的。

我们这堕落的文化中的每一个人，都要求我们去简化现实，去鄙视智慧。纳丁·戈迪默的作品中蕴含很多智慧。她阐述了一种令人钦佩的驳杂观点：关于人心，关于生活在文学中和历史中的固有的种种矛盾。

·

能够成为纳丁·戈迪默讲座的第一位讲者，以及有机会——这个难得的机会——对她的作品给予我、给予我们大家的教益致敬，乃是一种无上的光荣。她的作品明白易懂，充满激情，雄辩滔滔，忠于作家对文学和社会的责任这一理念。

我所说的文学，是指规范意义上的文学，也即体现和捍卫高标准的文学。我所说的社会，也是指规范意义上的社会——这意味着一位伟大的小说作家，在忠实地描写她或他生活其中的社会时，不能不求助于我们有权（有些人会说有责任）在我们生活其中的那些必然是不完美的社会里争取的更好的公正和忠实的标准（即使它们不是显而易见的）。

不用说，我把写长篇小说、短篇小说和戏剧的作家视为一种道德力量。实际上，这个关于作家的概念，是纳丁·戈迪默的文学理念与我的文学理念之间的众多联系之一。在我看来——而我相信纳丁·戈迪默也这么认为——一位坚守文学岗位的小说作家必然是一个思考道德问题的人：思考什么是公正和不公正，什么是更好或更坏，什么是令人讨厌和令人欣赏的，什么是可悲的和什么是激发欢乐和赞许的。这并不是说需要在任何直接或粗鲁的意义上进行道德说教。严肃的小说作家是实实在在地思考道德问题的。他们讲故事。他们叙述。他们在我们可以认同的叙述作品中唤起我们的共同人性，尽管那些生命可能远离我们自己的生命。他们刺激我们的想像力。他们讲的故事扩大并复杂化——因此也改善——我们的同情。他们培养我们的道德判断力。

当我说小说作家叙述，我是指故事有其形状：有开始、有中间（被贴切地称为发展）和有结尾或解答。每一位小说作家都想讲很多故事，但我们知道我们不可能讲所有故事——肯定不能同时讲。我们知道我们必须挑一个故事，应该说，一个中心故事；我们必须精心选择。作家的艺术是在那故事中、在那次序中……在那时间中（故事的活动时间表）、在那空间中（故事的具体地理）寻找尽可能多的东西。"有那么多故事可讲，"我最近的小说《在美国》开篇的独白中的第二自我的声音如此沉思道。"有那么多故事可讲，很难说为什么是这个而不是另一个，一定是因为你觉得你可以用这个故事讲很多故事，觉得其中有其必然性；我知道我的解释很拙劣……一定是类似某种恋爱。不管你怎样解释你选择的故事……你都解释不够。一个故事，我是说一个长篇故事，一部长篇小说，就像一次八十天环游世界：你刚要回忆开始，它就结束了。"

就是说，小说家是带你去旅行的人。穿越空间的旅行。穿越时间的旅行。小说家带领读者跃过一个豁口，使事情在无法前进的地方前进。

·

我总是想像某个哲学研究生（就像我自己曾经是的那样），他一直在刻苦研读康德的《纯粹理性批判》中那些他似懂非懂的关于时间和空间范畴的抽象论述。某个深夜，他老是被一个念头纠缠着：他觉得这一切都可以用更简单的方式做到。

它可归结为：

"时间之所以存在，是为了使一切不至于同时发生……空间之所以存在，是为了使一切不至于都发生在你身上。"

依这个标准，则小说就是空间和时间的一个理想载体。小说向我们展示时间：即是说，一切不同时发生。（它是一个次序，是一条线索。）小说向我们展示空间：即是说，所发生的事情不是只发生在一个人身上。

换句话说，一部小说不只是创造一个声音，而是创造一个世界。我们亲身体验在时间中生活、在世界上居住，并试图使我们的体验变得有意义，而小说模拟我们的体验的基本结构。但小说做到生命（被经历过的生命）所不能提供——除了在生命结束之后才能提供——的东西。小说把意义或感觉赋予一个生命，以及收回一个生命的意义或感觉。这之所以有可能，是因为叙述有可能，是因为存在着叙述的准则，这些准则对思想、感情和经验之重要，就如同康德所阐述的空间和时间的精神范畴。

以空旷的方式设想人类的行动，是小说家的想像力的一个固有特点，即使某部小说的重点恰恰是要申明不可能存在一个真正空旷的世界，例如在萨穆尔·贝克特[1]和托马斯·伯恩哈德那些幽闭恐惧症式的叙述作品中所显示的。

相信我们在时间中的存在具有潜在的丰富性，也是小说家独有的想像力的一个特点，即使小说家的重点——再次可以援引贝克特和伯恩哈德作例子——是要说明时间中的行动是徒劳和重复的。就像我们实际生活的世界一样，小说家创造的一个个世界也都拥有历史和地理。如果它们不拥有，它们就不会是

---

① Samuel Beckett（1906—1989），爱尔兰戏剧家、小说家和诗人。

小说了。

　　换句话说——并且再次地——小说讲故事。我的意思不只是指故事是小说的内容，然后这内容被根据不同的形式理念纳入文学叙述。我指的是，有故事可讲是小说形式上的主要资产，而小说家——不管他或她的手段是多么复杂——则受到讲故事的基本逻辑的约束（和解放）。

　　讲故事的基本样式是线性的（即使故事是倒叙的）。它的过程是从"以前"（或："最初"）到"中间"到"最后"或"之后"。但这并非只是因果关系的次序，就像生活中的时间——它随着感情膨胀并随着感情的减弱而收缩——不是划一的、时钟的时间。小说家的工作是使时间有生气，如同他的工作使空间有活力。

　　时间的维度对小说是至关重要的，但对诗歌（也即抒情诗）——恕我使用文学中的两党制这一古老的理念——则不。诗歌是处于现在的。诗作即使是讲故事，也不像故事。

　　其中一个差别，是隐喻的角色，而我认为隐喻在诗歌中是必要的。实际上，在我看来，诗人的任务——其中一个任务——是发明隐喻。人类理解的一个基本资源，可称为"图像"感，这图像感是通过拿一物比较另一物而获得的。以下一些古老的例子，是大家都熟悉（和貌似可信）的：

　　　　时间喻为流动的河流

　　　　人生喻为梦

　　　　死亡喻为睡眠

爱情喻为疾病

人生喻为戏剧/舞台

智慧喻为光

眼睛喻为星星

书本喻为世界

人类喻为树

音乐喻为粮食

等等，等等

伟大的诗人定义和发挥历史上隐喻的伟大库存，并增添我们的隐喻储藏量。隐喻提供了一种深刻的理解形式，而很多——但绝非全部——小说家也都求助于隐喻。通过隐喻来掌握经验并不是伟大小说家所提供的独特理解。弗吉尼亚·伍尔夫比托马斯·伯恩哈德伟大，并不是因为她使用隐喻而他不使用隐喻。

小说家的理解是时间性的，而不是空间性或图像性的。这理解的媒介，是处理过的时间感——作为斗争或冲突或选择场所被体验的时间。所有故事都是关于战斗，也即这种或那种斗争，并以胜利或失败告终。一切都朝着终点运动，一到终点，就会知道结果。

•

"现代"是一个继续在演进的理念，一个非常激进的理

念。我们现正处于现代的意识形态的第二阶段（有一个自以为
是的名称，叫做"后现代"）。

在文学中，现代一般追溯至福楼拜，他是第一个完全自觉
的小说家，他之所以使人觉得现代或先进，是因为他对自己的
散文①感到担忧，以极其严苛的标准——例如速度、经济、精
确、密度——判断它，这些标准似乎呼应了迄今为止只局限于
诗歌领域的种种焦虑。

福楼拜还以其否定题材的至高无上，而预示了朝着"抽象
性"转向——抽象性是创造艺术和捍卫艺术的现代策略的特
点。他曾经形容《包法利夫人》——一部具有经典式构造的故
事和题材的小说——是一部关于褐色的小说。另一次福楼拜
说，这部小说写的是……乌有。

当然，谁也不会认为《包法利夫人》真的是一部关于褐色
或关于"乌有"的小说。最具示范性的，是这样的明显的夸张
法所蕴含的那种作家特有的一丝不苟——你可以称它为完美主
义。不妨效法毕加索②评论塞尚③的方式来评论福楼拜： 福楼
拜吸引每一个严肃小说家的——甚至比他的成就更吸引——是
他的焦虑。

文学中这一"现代"的开端，发生在十九世纪五十年代。
一百五十年是很长的时间。与文学中——以及其他艺术中——
的"现代"相关的很多态度、顾忌和拒绝，都已开始显得俗套

---

① 主要是指小说。
② Pablo Picasso（1881—1973），西班牙画家。
③ Paul Cezanne（1839—1906），法国画家。

以至枯燥乏味。在一定程度上，这一判断是有理的。每一个文学观念，哪怕是最苛求和开明的文学观念，都有可能变成一种精神自满或自我恭维的形式。

大多数关于文学的观念都是反应式的——在小才能的人手中，仅仅是反应式的。一般来说，新秀们需要通过否定有关杰出文学成就的旧观念来确立自己，但是当今有关小说的辩论中出现的种种否定，已远远超出新秀们的一般否定程序。

在北美和欧洲，如果说我们正生活在一个反应时期，我想应该是准确的。在艺术中，它以对现代主义全盛时期的成就作出气势汹汹的反应的面目出现，现代主义全盛时期的成就被视为对受众太困难、太苛刻，不够好懂（或对用家不够友善）。在政治中，它以对一切旨在评估公共生活的企图嗤之以鼻，并把这些企图贬为纯粹是理想。

在现代纪元，重返艺术中的现实主义的呼声与政治话语中对犬儒现实主义的强化携手并进。

如今，在艺术中和在总体文化事务中，更别说在政治生活中，最大的冒犯似乎是维护某个较好、要求较高的标准，这种标准遭到来自左派和右派的夹攻，要么被视作幼稚，要么被视作（用来指称市侩者的新标签）"精英"。

当然，宣称小说的死亡——或其较新的形式，书籍的终结——在差不多一个世纪中一直是文学争论的主食。但是，它们最近获得一种新的剧毒性和理论上的说服力。

自从文字处理程式成为大多数作家——包括我——的普通工具以来，就一直有人断言，如今小说有美丽新前途。

这种论调可归结如下。

我们所理解的小说，已来到终点。然而，毋须哀悼。会有更好的（和更民主的）东西来取代它：超小说，它将以非线性或非次序性的空间来写，而电脑使这空间变成可能。

这种小说新模式有一个提法，说是要把读者从传统小说的两大支柱——线性叙述和作者——解放出来。传统小说残忍地迫使读者阅读一个又一个文字才抵达一个句子的终点，一个又一个的段落才抵达一个场面的终点，而现在读者将乐于得知——根据一个说法——如今他们有可能"真正地自由"了，而这一切都是拜电脑的崛起所赐："摆脱字行的独裁。"一部超小说"没有开始；它是可反向的；我们通过多个入口阅读它，这些入口都不能专制地宣称是主要入口"。读者现在不必跟着作家规定的线性故事来读，而是可以按自己的喜好游走，穿过"文字无穷的延伸"。

我想，大多数读者——没错，实际上是所有读者——都会惊讶地得知有结构地讲故事——从传统故事最基本的开始、中间、结束模式到更精心地建构的、非顺序的、多声音的叙述作品——竟是一种压迫形式而不是乐趣的一个来源。

事实上，小说最使读者感兴趣的东西恰恰是故事——不管是童话故事，凶杀神秘小说，或塞万提斯①和陀思妥耶夫斯基和简·奥斯丁②和普鲁斯特③和伊塔诺·卡尔维诺的复杂叙述

---

① Miguel de Cervantes (1547—1616)，西班牙小说家。
② Jane Austen (1775—1817)，英国小说家。
③ Marcel Proust (1871—1922)，法国小说家。

作品。故事——意思是事件以特殊的因果次序发生——既是我们看世界的方式，又是最使我们感兴趣的东西。人们读故事时即使不关心其他东西，也会关心情节。

然而超小说的主张者认为，情节使我们"受限制"，我们不满其局限。认为我们恼怒于作者长期以来的独裁——因为作者硬性规定故事如何发展——并渴望从这种独裁中解放出来，以及希望成为真正主动的读者，可在阅读文本的任何时刻通过重新安排一组组文本来选择故事的不同延续或结果。超小说有时候被说成是在模拟真实生活，有不计其数的机会和意想不到的结果，因此我猜超小说是被当成某种终极现实主义来兜售的。

对此，我会回答说，虽然我们确实期待组织我们的生活和使我们的生活变得有意义，但我们并不期待写别人的小说给别人看。我们用来帮助自己使我们的生活变得有意义和作出选择以及为我们自己提出标准和接受标准的其中一个资源，是我们对于那些独一无二的权威的声音——而不是我们自己的声音——的体验，那些声音构成了全部伟大的作品，它们教育心灵和情感，教导我们如何在世界上生活，它们体现并捍卫语言的光荣（即扩张意识的基本功能）：也就是文学。

更真实的是，超文本——或我是否应把它称作超文本的意识形态？——是极端民主的，因此完全与要求文化民主的蛊惑人心的诉求同声同气，这些诉求是伴随着财阀资本主义不断收紧的控制而来的，并转移我们对这种控制的注意力。

主张未来的小说将没有故事，或反过来主张由读者（应该说读者们）来设计故事，这主张是如此明显地没有吸引力，要是真的发生这种事情的话，那么它不可避免地导致的，将不是被千遍万遍地预言过的小说的死亡，而是读者的灭绝——被称为"文学"的这东西的所有未来读者的灭绝。不难看出，这只能是被纷乱的概念淹没的学院派文学批评的发明，那些概念表达了对文学这一工程的最强烈的敌意。

但是，事情还要复杂些。

这些关于书籍尤其是小说的终结的宣言，不可简单地归结为主导美国、英国和西欧很多重要大学文学系的意识形态施行的恶作剧。（我不知道南非在这方面的实际情况。）这种反对文学、反对书籍的理据背后的真正力量，我想是来自电视提供的叙述模式的霸权。

·

一部小说不是一套倡议，或一份清单，或一堆议程，或一个（未确定的，可修改的）旅行计划。它本身就是旅程——实行了的、体验了的、完成了的旅程。

圆满不是意味着一切都已被讲过。亨利·詹姆斯在即将写完他的最伟大小说之一《一位女士的画像》时，在笔记中坦白承认他担心读者会觉得这部小说并未真正结束，觉得他"未使女主人公的处境有一个结局"。（你们应该记得，詹姆斯让他的女主人公——那位聪明伶俐、理想化的伊莎贝尔·阿切尔[①]决

---

① 译名根据项星耀译《一位女士的画像》（人民文学出版社），下同。——译者

定不离开被她发现是一个唯利是图的无赖的丈夫，尽管有一个前求婚者——他有一个恰当不过的名字卡斯帕·戈德伍德[①]——依旧爱着她，希望她会改变主意。）但是，詹姆斯自辩说，他的小说将正确地在这关节上结束。他写道："任何事情的整体都是无法讲的；你只能止于拢集起来的东西。我所做的，是那个统一体——它拢集起来。它自身是圆满的。"

我们，詹姆斯的读者，可能会希望伊莎贝尔·阿切尔离开可怕的丈夫，与充满深情的、忠诚的、可敬的卡斯帕·戈德伍德快乐地生活在一起：我无疑希望她如此。但詹姆斯告诉我们，她不愿这样。

每个小说情节都包含它为了形成现时这个样子而排除或抗拒的其他故事的种种暗示和痕迹。该情节的其他选择都应直到最后一刻都令人感觉到。这些选择构成故事铺展过程中的无序（也因此有悬疑）的可能性。

要求事件以不同方式发展，这种压力潜存于每一次不幸的逆境背后，潜存于每一次对某个稳定结果的新挑战背后。读者依赖这类抗拒的线索，因为它们可维持叙述的不稳定，使叙述弥漫着进一步冲突的威胁——直至达到最后的平衡点：一个解决办法，该解决办法相对于故事主体内部那些始终误导的静态平衡时刻而言，似乎较不那么武断，也较不那么临时拼凑。情节的建构包括寻找稳定性的时刻，然后制造新的叙述紧张来破坏那些稳定性的时刻——直至来到结局。

---

① 戈德伍德（Goodwood）意为"好木"或"良材"。

我们所谓的小说的"恰当"结局，是另一种均衡——这样的结局如果恰当地设计，将有一种明显不同的情况。它将——这个结局——使我们相信任何困难的故事所属的那些紧张都已充足地交代了。它们已失去可以带来更多有意义的转变的力量。它们已受到结局中那种可以把一切封存起来的能力的控制。

小说的结局带来某种生活顽固地拒绝给予我们的解放：来到一个完全的停顿，但不是死亡，并发现在与引向结局的各种事件的关系中我们所处的确切位置。结局告诉我们，这儿就是一次假定的整体经验的最后片断——我们通过它在没有不恰当的强制感的情况下给情节的事件带来的那种明晰性，来判断其力量和权威。

如果结局似乎是在颇吃力地调整叙述中的各种互相冲突的力量，我们可能就会认为它们是叙述结构的缺陷，这些缺陷可能源自讲故事者缺乏控制或对故事有能力暗示的事情没有把握。

小说的乐趣恰恰在于它向结局移动。而一个令人满意的结局就是一个排他的结局。凡是不能与作者所假定的故事结局中予人启示的样式联系起来的，都可以放心地不予理会。

一部小说是一个有边界的世界。若要有圆满、统一、前后连贯，就必须有边界。我们在这些边界内旅行中的一切事情，都是相关的。我们大可以把故事的结局形容为一个神奇的汇合点，汇合各种变化不定的预备观点：一个固定的位置，在这里读者可以看到最初互不相干的事情最后如何彼此相关。

另外，小说在变成一种自圆其说的形式行为之后，本身也是一个理解的过程——而破碎或不充足的形式，实际上不知道、希望不知道哪些事情属于它。

·

正是这两个模式，如今在争夺我们的效忠和注意。

依我看，在故事与信息之间存在着本质的差别。一方面，故事有其目标，就是终点、圆满、封闭；另一方面，信息按其定义永远是局部、不圆满、碎片化的。

这差别呼应了由文学和由电视提供的互相冲突的叙述模式。

文学讲故事。电视传播信息。

文学参与。它是人类的紧密联系之再创造。电视（以其直接性的幻觉）则制造距离——把我们幽禁在我们自己的冷漠中。

电视上所谓的故事满足我们对趣闻的胃口，并为我们提供各种互相取消的理解模式。（这还受到电视叙述中插入广告之类的做法的加强。）电视故事隐约地肯定这样一种看法，也即所有信息都可能是有意义的（或"有趣"的），所有故事都是没有结局的——或如果停下来，也不是因为它们有结局，而是因为它们被更新鲜或更骇人听闻或更离奇的故事所取代。

媒体传播的叙述作品——其消费是如此无情地抢去受过教育的公众一度用来阅读的时间——通过向我们讲述无穷尽、不停顿的故事,来给人们上一堂非道德和冷漠的课,而这是与小说事业所体现的教导对立的。

在小说家所从事的讲故事中,总有——一如我说过的——一个伦理成分。这个伦理成分不是真理,不是与编年史的虚假性相反的真理。它是由故事及其解决所提供的圆满性的模式,强烈感受的模式,启蒙的模式——与我们的媒体散布的泛滥的无穷尽的故事所提供的迟钝模式、非理解模式、消极的诧异模式和随之而来的感情麻木相反。

.

电视以一种极端卑贱和不真实的形式,为我们提供一种真实,而小说家有责任抑制这个真实,以维护小说事业独有的伦理理解模式: 也即我们的宇宙的特征是很多事情同时发生。("时间之所以存在,是为了使一切不至于同时发生……空间之所以存在,是为了使一切不至于都发生在你身上。")

讲故事即是要说: 这才是重要的故事。它是把一切事物的扩散和同时发生缩减成某种线性的东西,缩减成一条小径。

做一个有道德的人,就是给予、有责任给予某种注意。

当我们作出道德判断,我们不只是在说这比那更好。在更根本的意义上,我们是在说这比那更重要。它是赋予一切乱糟糟扩散和同时发生的事物以秩序,并以忽略或不理会世界上发生的大部分事物为代价。

道德判断的本质,取决于我们给予注意的能力——这种能力不可避免地有其极限，但其极限是可以扩展的。

但是，智慧，还有谦逊，也许是始于承认这样一种想法、这样一种震撼性的想法并在它面前低头。这就是：想到一切事情的同时发生，以及我们的道德理解力——亦是小说家的理解力——无能力把这同时发生吸取。

也许，诗人较容易意识到这点，因为诗人并不完全相信讲故事。二十世纪初无与伦比的伟大葡萄牙诗人和散文作家费尔南多·佩索亚在其绝顶散文集《惶然录》中写道：

> 我发现，我总是同时留意，以及总是同时思考两样事物。我猜大家都有点儿像这样……就我而言，引起我注意的两种现实都是同等地生动的。正是这，构成了我的原创性。也许也正是这，构成我的悲剧，以及使悲剧变成喜剧。

没错，大家都有点儿像这样……但意识到思想的双重性，并不好受，如果长此下去，是非常不好受的。似乎正常不过的是，人们都倾向于缩减他们所感所想的复杂性，以及关闭对存在于他们的直接经验以外的事物的意识。

这种对延伸的意识——它吸取远不止是此时、此刻发生的事情——的拒绝，难道不正是我们对人类之罪恶的意识总是混淆不清，以及人类有无比的能力去做坏事的要害所在吗？由于无可争议地存在着一些不痛苦、带来快乐的经验地带，所以世间竟有如此多的悲惨和邪恶也就变成一个谜。大量叙述作品，以及力图摆脱叙述和最终变成纯粹抽象的思辨，都在质询：为什么存在邪恶？为什么人们互相出卖互相杀戮？为什么无辜者受苦？

但是，这问题也许应换一个说法：为什么邪恶不是无所不在？更准确地说，为什么它在某处——而不是无所不在？而如果邪恶没有降临在我们头上，我们该做些什么？也即如果被承受的痛苦是他人的痛苦，我们该做些什么？

在听闻一七五五年十一月一日夷平里斯本（如果历史学家是可信的话）并把整个社会的乐观主义摧毁（但显然，我不相信任何社会只有一种基本态度）的那次大地震的震撼性新闻时，伟大的伏尔泰[①]惊诧于人们无能力理解其他地方发生的事情。"里斯本变成废墟，"伏尔泰写道，"而在巴黎这里，我们却在跳舞。"

我们也许会假设在二十世纪，在种族灭绝的时代，人们不会觉得以如此冷漠的态度对待同时发生在其他地方的事情有什么不妥，或需要吃惊。难道经验的基本结构的一部分，不正是"现在"既指"这里"也指"那里"吗？然而，我敢断言，我们对同时发生的截然相反的人类命运感到吃惊的那种能力——以及对我们没有适当的反应感到沮丧——并不亚于二百五十年前的伏尔泰。也许我们永久的命运，是要对事件的同时发生感到吃惊——对世界在时间和空间中的无尽延伸感到吃惊，也即我们此刻在这里，过着富足、安全的生活，不大可能饿着肚子上床或今晚被炸成碎片……而在世界其他地方，此时此刻……

---

① Voltaire（1694—1778），法国启蒙思想家、作家。

在格罗兹尼、在纳杰夫、在苏丹、在刚果、在加沙、在里约的贫民窟……

做一个旅行者——而小说家通常都是旅行者——意味着不断被提醒世界正在发生的事情的同时性，你的世界和你去过的、又从那里回"家"的非常不同的世界。

说"这是一个同情的问题……是想像力的局限的问题"就是开始对这一痛苦的意识作出回应。你也可以说，老是记着这个世界如此……延伸，老是记着当这在发生时那也在发生，是不"自然"的。记着这里在发生的时候，那里也在发生。

没错。

但我会回应说，这正是我们需要小说的原因：扩展我们的世界。

·

总之，小说家根据他们可以把世界按其真样进行规定好的缩减——在空间和时间方面——的权利来执行他们必要的伦理任务。

小说中的人物在一种已完成的时间内行动，在那时间里一切值得保存下来的都已保存下来——如同亨利·詹姆斯在《波因顿的珍藏品》序言中所说的，"洗掉粗笨的添附物"和无目标的延续。所有真正的故事都是某个人的命运的故事。小说中的人物都有极易辨识的命运。

文学本身的命运则是另一回事。文学作为故事，充满着粗笨的添附物、不相关的要求、无目的的活动、浪费的注意。

故事有它们自己的命运，诚如拉丁语所说的。因为它们被传播、被抄录、被误记、被翻译。

当然，我们可不希望它不是这样。小说写作是一种需要孤独的活动，但它的命运却是需要公开的、共享的。

从传统角度看，所有文化都是地方的。文化暗示障碍（例如语言上的障碍）、距离、不可译性。而"现代"则尤其意味着废除障碍、取消距离；即时理解；扯平文化，以及——根据它自己那无可阻挡的逻辑——废除或撤销文化。

为"现代"服务的，是标准化、同质化。（实际上，"现代"即是同质化、标准化。现代的最典型场所是机场；而所有机场都是相同的，就像从汉城到圣保罗的所有现代城市看上去往往都是相同的。）这种朝着同质化的移动，不能不影响文学工程。以独特性为特征的小说只有通过翻译这一媒介才有可能进入这个极大化扩散的系统。而翻译无论多么必要，都会对小说最深层的本质造成某种固有的扭曲——这本质不是传达信息，甚至不是讲迷人的故事，而是文学工程本身的保存，尤其是邀请我们发展抵制现代油炸品的那种内向。

翻译即是使某东西越过边界。但是这个社会——一个"现代"的社会——愈来愈训诫我们不存在边界——这意思当然是不多不少地指：不存在特殊的社会行业的边界，这些社会行业在地理上比人类历史上任何时候都更流动。而大众传播媒体——电视、音乐电视、互联网——的霸权的训诫则是，只有一种文化，任何地方的边界以外都只是——或有朝一日将只是——更多相同，地球上每个人都靠同一个标准化的、在美国或日本或任何地方制造的娱乐和爱欲和暴力的幻想过日子；每个人都受同一种未经过滤的无止境的（尽管事实上常常是受审查的）信息流和意见流的开导。

无可否认，这些媒体确实予人一些快乐、一些开导。但我要说，它们培养的精神状态和它们饲喂的胃口，对严肃文化的写作（生产）和阅读（消费）全都是有害的。

每一个属于资本主义消费社会——又称作全球经济——的人，都正被收编进一种跨国文化，这种文化实际上使文学变得无关宏旨——其用途仅仅是把我们已知道的带给我们——而且可以纳入获取信息和从远方作窥淫癖式观看的无止境的框架。

每个小说家都希望得到最可能广泛的读者，越过尽可能多的边界。但我想，小说家的工作——而我相信纳丁·戈迪默也会同意——小说家的工作是要警惕正被安装在二十一世纪开头的虚假的文化地理。

一方面，我们通过翻译和通过媒体的再循环而拥有使我们的作品获得愈来愈大的扩散的可能性。在一定程度上，空间正被征服。我们被告知，这里与那里正不断有力地加强互相联系和融合。另一方面，这些前所未有的扩散和翻译的机会背后的意识形态——如今冒充为现代社会的文化的占主导地位的意识形态——是为了把小说家预言、批评以至颠覆的任务变得过时，而小说家这个任务，其主旨是要加深以及——有时候在需要的情况下——反对这种对我们的命运的一般理解。

小说家的任务万岁。

说　明

《关于美的辩论》刊于《代达罗斯》第一三一卷第四期
（二〇〇二年秋季号）。

《一九二六年……帕斯捷尔纳克、茨维塔耶娃、里尔克》
是为《书信，一九二六年夏天：鲍里斯·帕斯捷尔纳克、马琳
娜·茨维塔耶娃、赖纳·马里亚·里尔克》（纽约书评经典丛
书，二〇〇一年）而写的序。在该书出版前，文章曾发表于
二〇〇一年八月十二日《洛杉矶时报书评》，题《神圣的艺术
谵妄》。

《爱陀思妥耶夫斯基》是列昂尼德·茨普金的《巴登夏
日》（新方向，二〇〇一年）的导言。文章一个较早的版本发
表于二〇〇一年十月一日《纽约客》。

《双重命运：论安娜·班蒂的〈阿尔泰米西娅〉》是安
娜·班蒂的《阿尔泰米西娅》（蛇尾，二〇〇四年）的导言。

在该书出版前，文章曾发表于二〇〇三年十月九日《伦敦书评》。

《不灭：为维克托·塞尔日辩护》是维克托·塞尔日的《图拉耶夫同志的案件》（纽约书评经典丛书，二〇〇四年）的导言。文章一个删节版曾发表于二〇〇四年四月十日《泰晤士报文学增刊》。

《稀奇古怪：论哈尔多尔·拉克斯内斯的〈在冰川下〉》是哈尔多尔·拉克斯内斯的《在冰川下》（温塔奇，二〇〇四年）的导言。文章亦曾发表于二〇〇五年二月二十日《纽约时报书评》。

《9.11.01》是为《纽约客》写的。一个经编辑的版本发表于二〇〇一年九月二十四日《纽约客》的"城中话题"。原文完整版以前未曾发表过。

《数周后》是对意大利《宣言报》记者弗兰切丝卡·博雷利从罗马发出的提问的书面回答，二〇〇一年十月六日发表于该报。以前未曾以英语发表过。

《一年后》最初以《战争？真正的战斗和空洞的隐喻》为题发表于二〇〇二年九月十日《纽约时报》论坛版。

《摄影小结》原为西班牙《文化》杂志而写（二〇〇三年七月十日至十六日号），并以《论摄影（简编）》为题发表于二〇〇三年七月二十七日《洛杉矶时报书评》。

《关于对他人的酷刑》最初以稍微不同的形式和以《照片即是我们》为题发表于二〇〇四年五月二十三日《纽约时报杂志》。

《文字的良心》是二〇〇〇年五月九日在耶路撒冷接受"耶路撒冷奖"的受奖演说，二〇〇一年六月十日发表于《洛杉矶时报书评》。

《世界作为印度》系二〇〇二年"圣哲罗姆文学翻译讲座"演说，二〇〇三年六月十三日发表于《泰晤士报文学增刊》。

《论勇气和抵抗》是在二〇〇三年向以色列士兵选择性拒绝在占领区服役组织"耶什格武尔"（意为"要有限度"）主席伊斯亥·梅纽钦颁发"奥斯卡·罗梅罗奖"仪式上发表的定调演说，发表于二〇〇三年五月五日《民族》周刊。

《文学就是自由》是二〇〇三年十月十二日接受德国图书交易会"和平奖"时，在法兰克福保罗教堂发表的演说。节选曾发表于二〇〇三年十月二十六日《洛杉矶时报书评》，全文于二〇〇四年由冬屋出版社以单行本出版。

《同时：小说家与道德考量》系二〇〇四年三月在开普敦和约翰内斯堡发表的首届"纳丁·戈迪默讲座"，以前未曾以印刷形式发表过。

译后记

桑塔格这本遗作集，有些文章在她尚在世时，我就已翻译并发表在《书城》杂志上。但不用说，当时由于需要火速赶稿，对照原文校对一遍都来不及，难免有些错漏，现在趁机校正。另外，桑塔格不断修改自己的文章，增增删删，这次我也根据她的修订逐一校正。再有就是她一些文章在报刊发表时，作了删节，或被编辑剔去某些敏感字眼，这次我也对照原书修订了早前的译文。

本书第一部分以夹叙夹论的方式详细介绍现代欧洲文学中几部被忽略的杰作。第二部分是时事评论，这也正是美国外交政策急转弯和世界局势动荡的时期，作者对局势的尖锐评估和对布什政府的猛烈抨击现在回顾起来是极具预见性的，而对阿布格莱布监狱虐囚事件的犀利剖析并不只是局限于事件本身，而是秉承作者两部有关摄影的专著的洞察力，对美国暴力文化提出严厉的批判。但更重要的还不是她见解准确，而是她在恶劣环境中坚守知识分子的独立性。第三部分是演说，这些讲稿是桑塔格一生写作与行动的融通，是随笔家、小说家、公共知识分子、行动主义者这些她从一开始就具备但常常泾渭分明的角色的一次重叠、浸透和深化。

我的译文一如既往，较侧重直译，也即适当保留异质性或外国性。碰巧桑塔格有一篇专门论翻译的文章《世界作为印度》，也谈到这些问题，并引用了施莱尔马赫和本雅明关于翻译的里程碑式论文，而我是较认同这两位先行者的观点的。桑塔格在英语中，是一位文体大家，绝非"读起来蛮好的"。因此，若是读者觉得我的译文"读起来蛮好的"我听起来也许是失职，就像若是读者觉得我的译文"读起来蛮困难的"我听起来也许是恭维。我只是希望尽可能地保留多些桑塔格的文风，尤其是她的声音——作家那"独一无二的声音"也是桑塔格在书中强调的。但为了保留这声音，有时候原文"读起来蛮好的"在译文中也许会变成"读起来蛮困难的"，相反亦然。所以说，翻译是一个复杂的工程。我只能说我"希望""尽可能地""保留多些"，而不是说我可以一一还原或一一对等。

但有一点我倒是肯定的：尊重读者的智力。我认为，翻译的真理是，读者比译者聪明。凡是把读者想像成次一级的译者，首先会把自己变成受害者，变成次一级的解释者。译者不应把读者婴儿化。如果我译了一个异质性的句子，如果这个句子在十个读者中只有一个读者看得懂并大为激赏，且成为他写作（如果他也写作）或思考的刺激剂，则我就会毫不犹豫保留这个句子。如果把读者的智力和理解力分为十级，那么我要瞄准的是金字塔顶那一级，而不惜放弃另九级。翻译如同写作，如果一个有十分才能的作家把写作目标锁定在最低级的读者群，尽管他可以因此使十级读者都能明白，但如此一来他实际上与一个仅有一分才能的作家没有什么分别。而他设想可以获得的读者群，实际上会逐级不同程度地放弃他，例如最顶尖的读者根本就不去理会他，第九级的读者可能瞄一下他的封面，第八级的读者可能只打开他的扉页，第七级的读者可能只厌烦地瞥一瞥第一句……最后他可能只获得最低级的读者。尽管最低级的读者潜在数量庞大，但他们还有更低级的东西可读，未必就青睐他。

况且，在我放弃的九个读者中，如果有四个是年轻人，他们都还未抵达复杂的抽象思考、隐喻思考、伦理思考和美学思考的阶段，而三几年后他们的人生经验和阅读经验足以使他们看"透"文字背后的真意，则我的译文已无比超值了，就像一笔不投机的存款得到四倍的回报。至于剩下的那五位读者，我还是知足点，不去想他们了。即使是智力最高的读者，速度最快的读者，都也还有整架整架买来的书未读或没读或不读，那么一些书不被读或不愿意被读或不屑于被读，也只不过是礼尚往来罢了。

况且，桑塔格是一位瞄准金字塔顶尖的作家。

上海译文出版社现时采用的中文校对程序非常严谨，至少就我的译文的中文校对而言我真是幸运。感谢校对员们的认真和耐性。我在翻译中，对照原文校对也需要同样的认真和耐性。看着他们列出的好几页疑问，我深感我的辛苦已得到恰如其分的回报。另外，编辑冯涛先生帮我纠正了多个译名，亦在此致谢。

书中《爱陀思妥耶夫斯基》一文，提到《巴登夏日》作者茨普金的"两个姐妹"、"一个兄弟"、"另一个姐妹"等，由于在英语中这些指称难以分辨男女，加上茨普金英文传记资料完全缺乏，无法查证，我遂写信向茨普金的儿子、任职美国海军研究生院国家安全事务系副教授的米哈伊尔·茨普金先生请教，并得到他即时回应和澄清，在此感谢米哈伊尔·茨普金先生的热情。

　　最后，我要感谢两位朋友，一位是当年任《书城》编辑的凌越，另一位是《人文随笔》主编林贤治，正是他们的约稿，使我翻译桑塔格的几篇文章，也正是由于已有这几篇译文，使我主动与出版社的赵武平先生接触，要求让我来译这本书。

黄灿然

二〇〇八年十二月十日于香港

图书在版编目(CIP)数据

同时：随笔与演说/(美)桑塔格(Susan Sontag)著;黄灿然译.
—上海：上海译文出版社，2018.4（2023.11重印）
（苏珊·桑塔格全集）
书名原文：At the Same Time
ISBN 978－7－5327－7572－9

Ⅰ.①同… Ⅱ.①桑… ②黄… Ⅲ.①随笔－作品集
－美国－现代 ②演讲－美国－现代－选集 Ⅳ.
①I712.65

中国版本图书馆 CIP 数据核字(2017)第 216138 号

Susan Sontag
At the Same Time：Essays and Speeches
Copyright © 2007，by The Estate of Susan Sontag
Chinese Simplified Characters Copyright © 2018 by
Shanghai Translation Publishing House
All rights reserved

图字：09－2007－509 号

同时：随笔与演说
〔美〕苏珊·桑塔格/著 黄灿然/译
总策划/冯 涛 责任编辑/冯 涛 装帧设计/张志全工作室

上海译文出版社有限公司出版、发行
网址：www.yiwen.com.cn
201101 上海市闵行区号景路159弄B座
南京爱德印刷有限公司印刷

开本 890×1240 1/32 印张 8.25 插页 6 字数 133,000
2018 年 4 月第 1 版 2023 年 11 月第 2 次印刷
印数：6,001—7,500 册

ISBN 978－7－5327－7572－9/I·4637
定价：72.00 元